二〇一一—二〇二〇年國家古籍整理出版規劃項目

國家古籍整理出版專項經費資助項目

阮元集

程章燦 主編

廣陵書社

廣陵詩事

〔清〕阮元 撰

王明發 點校

圖書在版編目（CIP）數據

廣陵詩事 / (清) 阮元撰 ; 王明發點校. -- 揚州 : 廣陵書社, 2021.1
（阮元集 / 程章燦主編）
ISBN 978-7-5554-1434-6

Ⅰ. ①廣… Ⅱ. ①阮… ②王… Ⅲ. ①詩話—中國—古代 Ⅳ. ①I207.227.2

中國版本圖書館CIP數據核字(2021)第010648號

叢書名 阮元集
叢書主編 程章燦

書　　名 廣陵詩事
著　　者 〔清〕阮　元
點　　校 王明發
責任編輯 金　晶
出 版 人 曾學文
封面設計 姜　嵩

出版發行 廣陵書社
揚州市維揚路 349 號　郵編 225009
（0514）85228081（總編辦）　85228088（發行部）
http://www.yzglpub.com　E-mail:yzglss@163.com
印　　刷 常州市金壇古籍印刷廠有限公司

開　　本 889 毫米 ×1194 毫米 1/32
印　　張 10
字　　數 200 千字
版　　次 2021 年 1 月第 1 版
印　　次 2021 年 1 月第 1 次印刷
標準書號 ISBN 978-7-5554-1434-6
定　　價 68.00 元

清陳重慶題雷塘庵主像（揚州博物館藏）

阮元坐像(選自《清中葉學者大臣阮元生平與時代》)

阮元家廟(位于揚州市毓賢街)

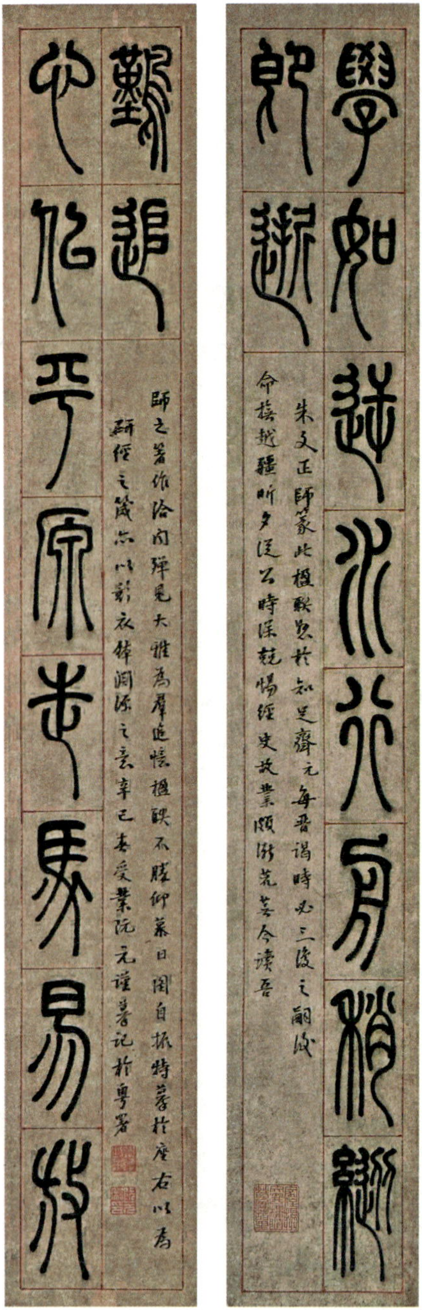

阮元篆書十言聯（揚州博物館藏）

阮元行書七言聯

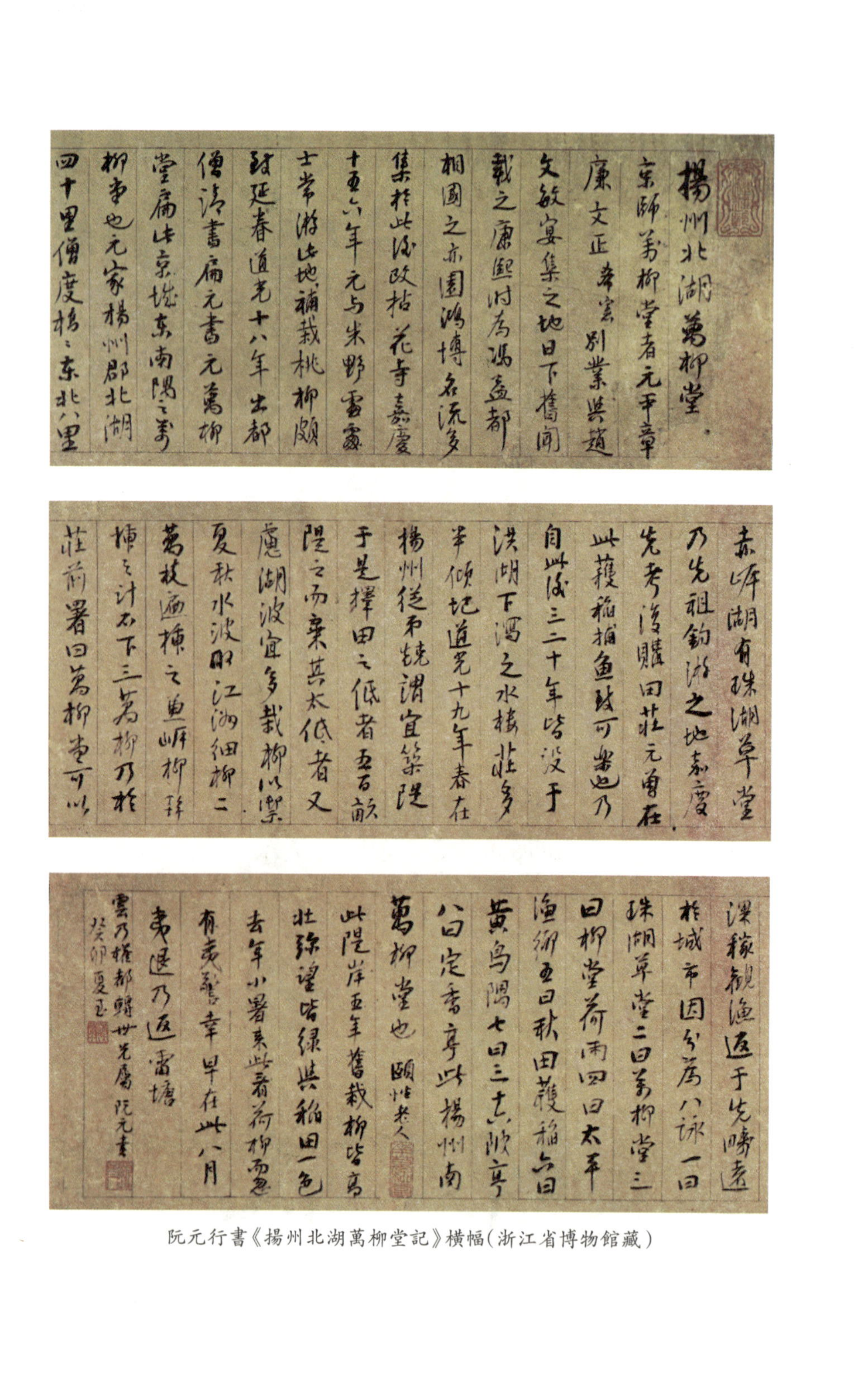

阮元行書《揚州北湖萬柳堂記》橫幅（浙江省博物館藏）

皇淸經解卷一　學海堂

左傳杜解補正　崑山顧處士炎武著

北史言周樂遜著春秋序義通賈服說發杜氏違今杜氏單行而賈服之書不傳矣吳之先達邵氏寶有左觿百五十餘條又陸氏粲有左傳附注傅氏遜本之爲辨誤一書今多取之參以鄙見名曰補正凡三卷若經文大義左氏不能盡得而公穀得之公穀不能盡得而啖趙及宋儒得之者則別記之於書而此不具也

隱元年莊公寤生驚姜氏　解寐寤而莊公已生恐無此事應劭風俗通曰兒墮地能開目視者爲寤生

不如早爲之所　解使得其所宜改云言及今制之

清道光九年廣東學海堂刻本《皇清經解》書影

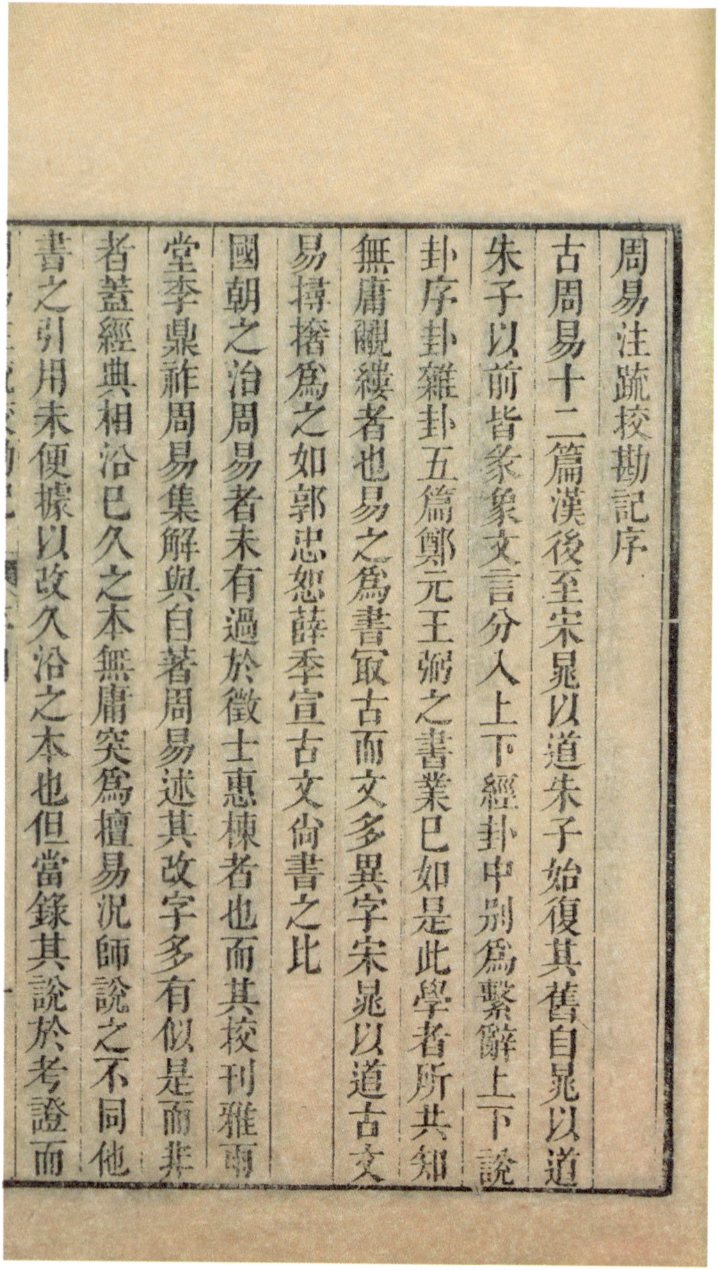

周易注疏校勘記序

古周易十二篇漢後至宋晁以道朱子始復其舊自晁以道朱子以前皆彖象文言分入上下經卦中别爲繫辭上下說卦序卦雜卦五篇鄭元王弼之書業已如是此學者所共知無庸覼縷者也易之爲書最古而文多異字宋晁以道古文易撏撦爲之如郭忠恕薛季宣古文尚書之比

國朝之治周易者未有過於徵士惠棟者也而其校刊雅雨堂李鼎祚周易集解與自著周易述其改字多有似是而非者蓋經典相沿已久之本無庸突爲擅易況師說之不同他書之引用未便據以改久沿之本也但當錄其說於考證而

清嘉慶文選樓本《十三經注疏校勘記》書影

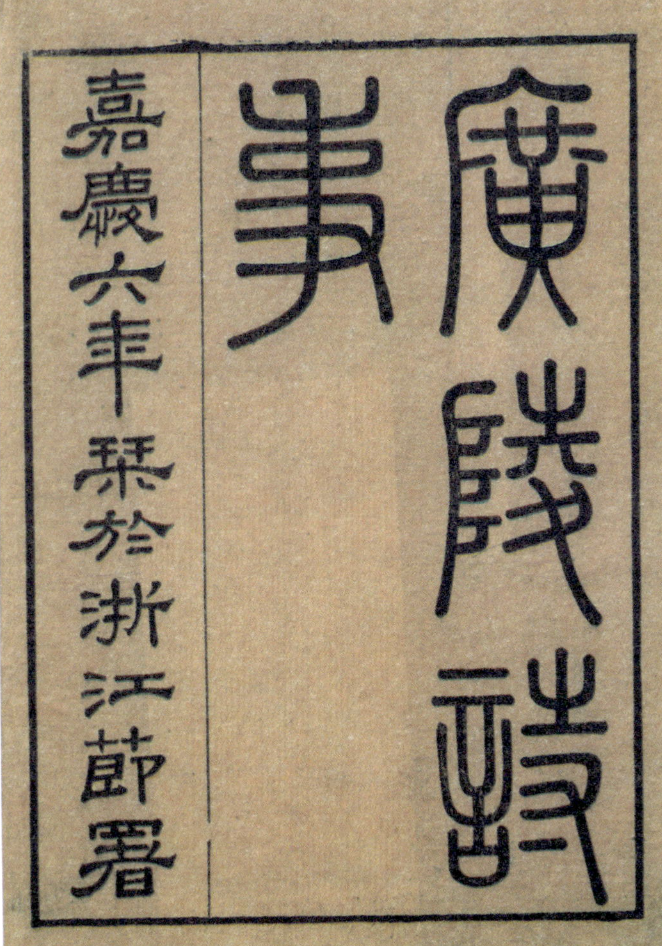

清光緒十六年《廣陵詩事》刻本

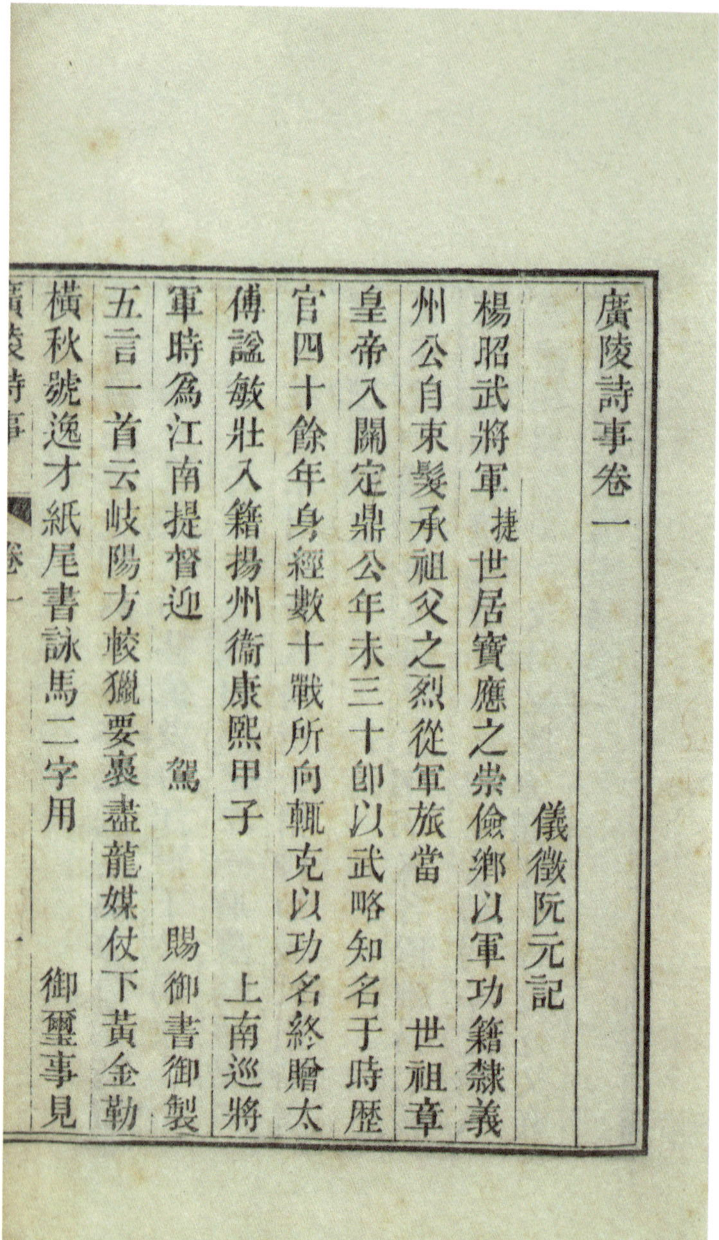

廣陵詩事卷一

儀徵阮元記

楊昭武將軍捷世居寶應之崇儉鄉以軍功籍隸義州公自束髮承祖父之烈從軍旅當 世祖章皇帝入關定鼎公年未三十即以武略知名于時歷官四十餘年身經數十戰所向輒克以功名終贈太傅謚敏壯入籍揚州衛康熙甲子 上南巡將軍時爲江南提督迎 駕 賜御書御製五言一首云岐陽方較獵要裹盡龍媒仗下黃金勒横秋號逸才紙尾書詠馬二字用 御璽事見

清光緒十六年《廣陵詩事》書影

阮元集序

一

阮元(一七六四—一八四九),字伯元,號芸臺、揅經老人、雷塘庵主、頤性老人等,江蘇儀徵(今屬揚州市)人。阮氏祖籍係出陳留尉氏縣(今河南開封),明初,遷至江蘇淮安。明神宗時,人稱『小槐公』的阮巖再遷至揚州,是爲阮氏遷揚之始祖。

阮氏爲武官世家,二世祖、三世祖、四世祖等,皆官至將軍。祖父阮玉堂,文武雙全,中康熙五十四年(一七一五)武進士,征苗一役,大獲全勝,全活苗人無數。父親阮承信,幼年攻書,熟習《左傳》《資治通鑑》等經典,亦嫻熟騎射。母親林氏,爲福建大田縣知縣林廷和之女,幼承庭訓,深明大義,能作詩,爲其教育子弟奠定了文化基礎。阮元五歲便跟隨母親認字,六歲就外傅讀書。阮元幼年口吃,讀文章不順暢,在母親的細心指導之下,得以掌握讀書方法。母親常常過問阮元的交友、行事,並告誡他如何辨明是非曲直。而父親則曾對他説:『讀書當明體達用。徒鑽時藝,無益也。』父母的教誨對阮元的一生有重要影響。

少年時代的阮元，曾受業于江振鷺、賈天凝、栗溥、胡廷森、喬椿齡、李道南等人。尤其師從胡廷森學習《文選》，爲他以後的詩文寫作及研究打下了很好的基礎。乾隆三十八年（一七七三），阮元與焦循、江藩結交，以同窗之誼成爲終身的朋友。此後，他陸續結識了乾嘉時代許多著名學者。四十六年，母親林氏病故，阮元居家守喪。時凌廷堪因慕江永、戴震之學，挾書來游揚州，遂與阮元結識並訂交。四十七年，結識汪中，並求教于顧九苞、劉台拱、任大椿、王念孫等學人。五十一年，阮元中鄉試第八名，並因學使謝墉之故，結識了錢大昕，兩人訂交。與這些朋友的交游，開闊了他的學術視野。

乾隆五十四年（一七八九），阮元殿試得二甲第三名，賜進士出身，入翰林院爲庶吉士，充史館纂修官。五十五年，散館一等第一名，授編修。五十六年，大考翰詹第一，陞授詹事府少詹事，奉旨南書房行走。召對，乾隆大喜。次日，乾隆特地對大臣阿桂説：『阮元人明白老實，象個有福的，不意朕八旬外，又得一人。』可見他對阮元甚爲賞識。五十八年，阮元奉命督山東學政。六十年，奉旨調任浙江學政。嘉慶四年（一七九九），兼署兵部左侍郎，署理浙江巡撫。次年實授浙江巡撫，從此阮元躋身封疆大吏之列。那一年，他纔三十六歲，可謂少年得志。

在浙江巡撫任上，阮元改軍制，造船炮，全力剿匪，並製定《緝匪章程》七條，督令各部嚴格執行。期間剿滅安南艇匪及各路匪幫萬餘人。又在杭州創設『詁經精舍』。嘉慶十年（一八〇五），丁父憂去職。十二年，服闋，署户部侍郎，赴河南按事，授兵部侍郎，再任浙江巡撫，暫署河南巡撫。十三年，赴浙繼續剿捕海盗。十四年，因劉鳳誥科舉舞弊一案，革職解京發落，不久獲嘉慶帝恩賞，授文穎館編修。十七年，補授爲工部右侍郎，不久受任漕運總督。十九年，改江西巡撫。二十一年，調補河南巡撫，尋補授湖廣總督。二十二年，調補兩廣總督。二十五年，在廣東任上開辦學海堂，以經古之學課士，親自書寫『學海堂』匾。道光元年（一八二一），以兩廣總督、兩廣鹽政攝廣東巡撫、太平關税務、廣東學政、粤海關税務。四年，親自選址建學海堂，年底建成。六年，調補雲貴總督。十五年，奉旨充體仁閣大學士，遂離滇返京，兼署都察院左都御史。十六年，充經筵講官。十八年，致仕。二十九年，阮元卒，享年八十六歲。賜謚文達。總體來説，阮元生當乾嘉盛世，仕途順利，得享高年，的確是一个『有福』之人。

阮元生長于揚州人文薈萃之地，成長于乾嘉文物鼎盛之世，一生勤勉治學，崇尚實學，兼容並蓄，淹通四部。他早被知遇，交游廣泛，一生以經史學術爲己任。一方面，他十分重視提携後進，作育人才，任職浙江時創設的詁經精舍，任職廣東時創建的學海堂，都培養了很多傑出人才。另一方面，他重視文獻整理和文化承傳，不僅積極刊行同時代優秀學人的重要著作，而且還投入大量精力，參編、主編並刊刻了許多大型圖書，爲保存文獻作出突出的貢獻。從這個角度説，阮元不僅是文人和學者，更是一個文獻學家和出版家。顯然，他的交游、官位及其所擁有的資源，都爲他從事文獻整理與學術研究提供了方便。

阮元著作(不計其刻書以及作爲地方官員挂名修撰的方志)，主要包括如下三大類：

第一類是阮元主持編撰的經學著作，包括《經籍籑詁》《重栞宋本十三經注疏》《皇清經解》等。

第二類是阮元主持的其他部類文獻彙編，包括《疇人傳》《山左金石志》《淮海英靈集》等。

第三類是阮元的個人著述，涵蓋經史子集四部，包括《儀禮石經校勘記》四卷、《三家詩補遺》三卷、《詩書古訓》六卷、《儒林傳稿》四卷、《曾子注釋》四卷《叙録》一卷、《小滄浪筆談》四卷、《定香亭筆談》四卷、《石渠隨筆》八卷、《石畫記》五卷、《揅經室集》六十四卷、《廣陵詩事》十卷等。

二

阮元著作在清代及民國有各種刊印本。一九四九年以來，多種阮元著作被影印或排印整理出版。在影印方面，較早有成都古籍書店、中華書局分别影印的《經籍籑詁》。近年來，浙江古籍出版社等先後影印出版了《兩浙金石志》《兩浙防護録》《積古齋鐘鼎彝器款識》等著述。

自二十世紀九十年代以來，阮元的部分著述陸續得到整理，排印出版，據目前所知，主要有下列數種（按出版先後爲序）：

一、《揅經室集》（五十四卷），鄧經元點校，中華書局一九九三年版；

二、《廣陵詩事》，王明發點校，廣陵書社二〇〇五年版，收入『揚州地方文獻叢刊』；

三、《疇人傳彙編》，彭衛國、王原華點校，廣陵書社二〇〇九年版；

四、《石渠隨筆》，錢偉彊、顧大朋點校，浙江人民美術出版社二〇一一年版；

五、《疇人傳合編校注》，馮立昇等校注，中州古籍出版社二〇一二年版；

六、《兩浙輶軒録》，夏勇等整理，浙江古籍出版社二〇一二年版，收入『浙江文叢』；

七、《十三經注疏校勘記》，劉玉才主編，北京大學出版社二〇一五年版；

八、《揅經室集》（六十三卷），沈瑩瑩點校，北京大學出版社二〇一六年版；

九、《小滄浪筆談　定香亭筆談》，姚文昌點校，山東人民出版社二〇一八年版；

十、《石畫記》，蔣暉校注，西泠印社出版社二〇一九年版。

除了鄧經元點校本《揅經室集》是在一九九三年出版以外，其餘各種阮元著述都是在新世紀陸續得到整理与出版的。这説明，學界對阮元的生平、學術及其思想的研究越來越重視，但相對于阮元衆多的著述而言，有待整理出版者仍然占有相當大部分。

廣陵書社歷來重視清代揚州學者著述的整理出版，已陸續出版汪中、焦循、寶應劉氏、儀徵劉氏等重要學者的詩文著作集。原計劃整理出版《阮元全集》，由于阮元著述宏富，且編、撰情况較爲複雜，出版全集難度大、耗時長，遂决定根據其著述情况，以『阮元集』爲名，分别整理出版其存世著作。此次整理出版《阮元集》，大致遵循以下原則：

一是其自著悉予收羅，無論之前是否有整理本，均重新予以整理，如《揅經室集》；

二是其編纂之著述酌情收録，主要收未曾整理者，如《山左金石志》；

三是有的著述，屬其創編，自應收録，而其書之續作，亦與阮元關係密切，則作爲附録收入，如《疇人傳》及《淮海英靈集》之續編。

按照上述原則，目前收入《阮元集》者主要包括以下著述：

一、《三家詩補遺》三卷

二、《儀禮石經校勘記》四卷

三、《曾子注釋》四卷《叙録》一卷

四、《詩書古訓》六卷

五、《儒林傳稿》四卷

六、《疇人傳》四十六卷附《續編》六卷

七、《山左金石志》二十四卷

八、《小滄浪筆談》四卷

九、《定香亭筆談》四卷

十、《石渠隨筆》八卷

十一、《石畫記》五卷

十二、《瞾經室集》六十四卷

十三、《淮海英靈集》二十二卷附《續集》十二卷

十四、《廣陵詩事》十卷

《阮元集》的整理，大抵根據各書的特點，確定適當的整理方式與體例，力求達到深度整理的要求，各有所長。如《山左金石志》，採用了校補的整理方式，融入了整理者多年潛心研究此書的學術成果。《儒林傳稿》，以徵引文獻對校原文，覆核其源，注明誤作、誤引、異文等，用力頗勤。《廣陵詩事》《小滄浪筆談》《定香亭筆談》，因體裁的緣故，原書無細目，内容顯得散亂無序，整理時依内容分擬標題，便于讀者閱讀利用和檢索。《淮海英靈集》，爲體現此書『或以詩存人，或以人存詩』的特點，特別編製了詳細的索引，《廣陵詩事》《疇人傳》等其他幾種書亦相應編製了人名等索引，尤其方便讀者檢索、使用。對已有整理本者，則根據新發現的文獻版本資料，重新校點，力圖後出轉精。

如《揅經室集》，雖已有中華書局及北京大學出版社兩部整理本，但此次整理底本採用了新發現的目前所知的最全之本（六十四卷），其中《再續集》一册八卷，較此前學者所知之《再續集》七卷本多出一卷，詩文多出八篇。同時在點校方面也精益求精，改正前人標點錯訛之處甚多。另外擬收入揚州市圖書館所藏『阮元家書』，以及當代學者陳鴻森、孫廣海、羅瑛等人輯録的《揅經室集》之外的佚文，以期呈現全璧。

《阮元集》已被列爲二〇一一—二〇二〇年國家古籍整理出版規劃項目、國家古籍整理出版專項經費資助項目。假以時日，待其著述基本整理完畢，將彙總出版《阮元全集》。

阮元作爲清代主持風會數十年的一代名臣，學術上卓有建樹，是揚州學派的主要代表人物，影響深遠。相信此次對《阮元集》的系統整理出版，能够爲研究阮元的生平、文學、學術、思想奠定更爲堅實可信的文獻基礎，也能爲進一步推動揚州學派研究，爲全面梳理清代學術史、文學史乃至清代中期歷史的脉絡，起到積極的推動作用。

程章燦

二〇二〇年十月二十九日

整理前言

阮元是清代揚州學派的領袖人物，也是揚州歷史上最有影響的文化名人之一。作爲『三朝閣老，九省疆臣』的阮元，其一生不廢學術，著述宏富，完全得力於自身的博學多識和勤奮不倦。清嘉慶三年（一七九八），阮元在浙江學政任上輯成二十二卷的《淮海英靈集》後，隨即又在此基礎上，僅用一年左右的時間，就於經筵講官、會試副總裁任上編成《廣陵詩事》十卷。

阮元於嘉慶四年（一七九九）夏六月在《廣陵詩事》叙文中説：『余輯《淮海英靈集》既成，得以讀廣陵耆舊之詩，且得知廣陵耆舊之事，隨筆疏記，動成卷帙；博覽别集，所獲日多，遂名之曰《廣陵詩事》。』《淮海英靈集》是阮元編著的一部詩歌總集，收録了清代嘉慶三年以前揚州府及南通州共十二邑八百六十五位詩人、近三千首詩歌。《廣陵詩事》的收録範圍則爲廣陵一郡，所録人物、詩歌均與廣陵一地有關。令人驚歎的是，阮元於嘉慶四年調到京城任職，而《淮海英靈集》則是嘉慶三年在浙江任上剛剛完成，短短的一年時間内，其南來北往，兼及政事家事，還捧出了十卷本的《廣陵詩事》，這其中的忙碌與辛勞，一般人是難以想像的。阮元不僅自己善於利用時間，同時注重家學的傳承。他在公務之暇，將自己爲《广陵诗事》所記、所选、所編的書稿，親自交給弟弟阮亨和兒子常生，讓他們帮助自己鈔録成書，再送出去付刻，相隔一年，嘉慶六年，浙江節署刻本《廣陵詩事》问世。

《廣陵詩事》是集部詩文評類著作。阮元在叙中説，書中所記『有因詩以見事者，有因事以記詩者，有事不涉詩而連類及之者。大指以吾郡百餘年來，名卿賢士，嘉言懿行，綜而著之，庶幾文獻可徵，不致零落殆盡』。全書收録的内容非常豐富，有褒揚忠君報國、爲政一方的，有宣揚孝子、孝女及樂善好施的，有贊叹詩書傳家、一地詩盛、各類詩集的，有記載人物性情、雅士畫作、考據收藏的，还有與詩人、詩會有關的地名、園墅以及與詩歌相關的佚事、遺聞等。該書收録的時間範圍自清初至清中葉，對研究清代揚州歷史文化、文學活動、園林建築、風俗民情等諸多方面，極富參考價值。《廣陵詩事》行文規範，叙事嚴謹，言簡意賅，充分體現了阮元所主張的『以用韵對偶者爲文，無韵散行者爲筆，提倡駢偶』的行文特色。其問世以來，長期受到人們的關注和重視。

《廣陵詩事》有嘉慶六年(一八〇一)浙江節署刻本和光緒十六年(一八九〇)京師揚州会馆重刻本傳世。此外，嘉慶至道光年間所輯刻的《文選樓叢書》以及民國年間出版的《叢書集成初編》中，也收録了該書。二〇〇五年，廣陵書社將《廣陵詩事》納入《揚州地方文獻叢刊》出版發行。該書的嘉慶六年刻本雖爲本書的最早版本，但《文選樓叢書》本和光緒重刻本對其進行了少量的補充，光緒重刻本還對嘉慶本中的少量字詞進行了校正。此次點校整理，總體以光緒刻本爲底本並參閲他本，對文中出現的互异處，酌出校記。鑒於原書没有目録，每卷條目衆多且内容各自獨立，作爲古籍整理的一次嘗試，點校者爲原書的每一段落酌擬一標題，以便讀者閲讀和檢索。由于原書是『隨筆疏記』而成，有的段落文字不多卻涉及數人、數詩，也有數個段落講述同一件事或同一主題的詩，所以，故所擬標題中，難免存在以偏概全或不准確之處，祈望讀者諸君批評指正。

目録

卷三……五五

卷五……一〇二

卷六……一三四

卷七

卷八……一八九

附録

叙

余輯《淮海英靈集》既成，得以讀廣陵耆舊之詩，且得知廣陵耆舊之事，隨筆疏記，動成卷帙；博覽别集，所獲日多，遂名之曰《廣陵詩事》。其間有因詩以見事者，有因事以記詩者，有事不涉詩而連類及之者。大指以吾郡百餘年來，名卿賢士，嘉言懿行，綜而著之，庶幾文獻可徵，不致零落殆盡。且余生于諸耆舊百餘年後，亦藉此收羅殘缺，以盡後學之責也。退食餘閑，檢付弟亨、子長生鈔録成書，將以付刻。至于爵里族姓，或有舛誤，遺聞佚事，再當補述，尚望同志君子訂而續之。

嘉慶四年夏六月，鄉人阮元記于京邸之白圭詩館。

卷一

康熙賜詩楊昭武

楊昭武將軍捷，世居寶應之崇儉鄉，以軍功籍隸義州。公自束髮，承祖父之烈，從軍旅。當世祖章皇帝入關定鼎，公年未三十，即以武略知名于時。歷官四十餘年，身經數十戰，所向輒克，以功名終贈太傅，謚敏壯，入籍揚州衛。康熙甲子，上南巡，將軍時爲江南提督，迎駕，賜御書御製五言一首云：『岐陽方較獵，要裹盡龍媒。仗下黄金勒，横秋號逸才。』紙尾書『咏馬』二字，用御璽。事見王文簡《居易録》。張文貞撰將軍墓銘云：『天子修時巡之典，公迎覲，余亦忝扈從。嘗與公並騎行，竊睹公顧盼矍鑠，冠劍甚偉。及沿江而下，公獨乘小艇，携兩健卒，晏坐于驚風白浪之中。一時豐鎬舊勛，咸指目嘆羨。』余因舉昔人詩所云『精神如破貝州時』者，謂公庶幾似之。

史蕉飲、顧書宣稱『維揚二妙』

史蕉飲申義，少時與顧書宣圖河齊名，稱『維揚二妙』。澤州相國在直廬日，聖祖嘗傳問今之詩人爲誰？相國以蕉飲及周桐埜起渭對，一時翰苑又有兩詩人之目，洵嘉話也。

吴薗次奉詔譜傳奇

吴薗次綺，順治九年以拔貢生授中書舍人。奉詔譜楊繼盛傳奇，稱旨，即以楊繼盛之官官之，時以爲榮。薗次有《入署拜椒山楊先生祠時奉命譜椒山傳奇》詩。

陳厚耀賦《夜亮木》詩

泰州陳曙峰厚耀成進士，安溪相國特薦其通郭太史算法，召對稱旨。聖祖指示筆算諸法，厚耀學益精進。上嘗語梅瑴成曰：『汝知陳厚耀否？他算法近日精進，向曾受教于汝祖，今汝祖若在，尚將就正于彼矣。』詳見元所撰《疇人傳》。厚耀以文學之臣，遭遇聖主，數言論定，可不朽矣。所賜書籍、儀器、瓜果甚多，又賜熱河夜光木，供之几上，光皎如月。厚耀奉敕賦《夜亮木》詩。

王予中其子曰『箴慈』

寶應王予中懋竑，初以進士官安慶府教授，未幾，憲皇帝詔與漳浦蔡文勤公世遠同引對，授編修，直上書房。以母憂歸，感恩不忘，因名其子曰『箴慈』。

汪楫出使琉球留詩篇

汪檢討楫，字舟次，有《送弟歸里》詩。句云：『客夢無多時上冢，君恩未報敢思鄉。』真見忠孝之忱。舟次于康熙癸未奉命充册封琉球正使，乘傳過揚州，渡閩海，遇神飈，三日而至。宣示威德，改訂典禮。其《觀海詩集》有天風海濤之勢，挍早年詩境大异。彼國長史鄭洪良以王命請畫舟次像留國中。舟次以詩答之云：『豈是中朝第一流？偶持龍節拂鱗洲。大名那得齊諸葛，遺像何勞比益州？稍喜文章堪報國，誰憑骨相取封侯。靈臺一片真難狀，多謝傳神顧虎頭。』真得使臣之體矣。歸作《乘風破浪圖》，一時詩人皆題咏焉。

賈國維獻詩入内廷

高郵賈國維，字千仞。聖祖南巡，國維以舉人獻詩賦，取入内廷纂修。丙戌試禮闈，不遇，特旨與中式貢士一體殿試，登一甲第三人，授編修，亦异數也。

程風沂進《咏史樂章》

泰州程風沂京兆盛修爲侍御時，恭進《咏史樂章》十二篇：斷罟匡一、市價對二、辟戰諍三、乘船戒四、撤屏悟五、侍宴規六、從獵諷七、佳鷹表八、宫體箴九、用筆喻十、觀燈諫十一、三司告十二。上嘉賞之，賜緞二端、筆墨二種。

劉欽鄰富川作《絶命詩》

劉忠烈欽鄰，字江屏，馬世俊榜進士。始以養母家居，繼官廣西富川縣知縣。逆賊孫延齡叛桂林，僞將圍富川，忠烈力拒之。以有内應者，城遂陷。忠烈被執，迫以僞官。擲其印，作《絶命詩》云：「反覆南疆遠，辜恩逆醜狂。微臣猶有舌，不肯讓睢陽。」遂縊死。處士陶南村鑑有詩吊之云：「書生辦賊事分明，變起南荒鼓角聲。絶命大書清進士，毁符羞作僞公卿。白頭萬里心難死，碧血千年氣尚生。持此區區堪報國，笑他身外總浮名。」

劉富川死事詩

李天馥

千秋峻節峙昆侖，志決身殲運獨屯。自有精靈能殺賊，不教海島遁孫恩。
一片丹心自不灰，丈夫如此復何哀？故鄉好薦招魂賦，瓜步江潮白馬來。

王士正

白沙江上別蒼茫，憶爾廬陵節義鄉。萬里青燐連桂管，三年碧血照清湘。
烏啼濺泪逢寒食，馬革驚心裹戰場。望斷銘旌何處是？蒼梧愁絕暮雲黄。

季天中戍所賦詩

泰興季天中開生，弱冠登甲科，由庶常改給諫，以建議謫遼左。姜西溟稱爲『本朝第一諫臣』。天中將赴獄，門下生有問之者，猶譚《三百篇》《離騷》漢魏源流不輟。在戍所五年，其《關前志別》詩云：『今日玉關無内外，臨岐握手莫潸然。』略無愁慘之色。《送左大來葬》詩云：『未遂首丘須淺葬，好留枯骨待恩波。』及世祖下詔賜還，時開生已殁，特旨歸葬，竟如其詩。蓋身雖遷謫，而每飯不忘君父，故預知貫日之虹，聖明終垂宥諒也。

季滄葦長歌寄天中

季滄葦振宜，天中之弟也。順治己亥進士，官監察御史、巡按山西鹽課，彈章數十上。天中櫬歸自遼左，正值滄葦在獄；夢寐中與兄絮語，醒而述爲長歌，寄天中柩前以代酒。詩中有云：『呼兄兄呼弟，相見甚相喜。攜持各一手，分明見十指。顔色非生平，無復舊冠履。長跪問我兄，胡爲瘦至此？兄云爾不知，我今長已矣。形骸關塞外，日閉黄泉裏。朋友宿草盡，耶孃四千里。耶喜精神健，孃食無甘旨。三妹又長逝，白髮將誰倚？汝嫂目失光，石英覓燕市。從來敬寡嫂，青鳥化童子。莫我兒飢寒，我兒方生齒。我聞淚下雨，長跪不能起。我欲有所啓，收淚復長跽。白馬真死友，弟曾無錢紙。燐火連破冢，託足兄焉恃？兄云汝不知，夜臺無曉理。欲行我自行，欲止我自止。聖人復我官，旅櫬歸桑梓。所遺七八口，汝當速經紀。寄語掌史官，慎勿挂青史。』幽禁之餘，精神相感，而忠孝友悌之情，纏綿固結如此。

王文通蠲賑有良策

高郵王文通永吉，以巡撫宋權薦，由大理寺卿晋至大學士。值水旱，詔所司議蠲賑；而湖、川、閩、廣各鎮戰守官兵急需糧餉。文通請召見諸臣謀議，奉旨：『王永吉必有良策。』因請清老弱占冒之兵，十汰其二，以裁項酌灾蠲賑，則兵清而餉亦裕，賦減而民更安。上嘉納之。後以任科場事降級，遷都察院左副都御史，卒于官。上念其服官有年，勤勞素著，贈少保，給予祭葬、立碑，賜謚。

王文通詩蒼深古厚

王文通官户部右侍郎時條奏三事：一請撥上田給運丁，以濟運費；一請各項抵色銀，仍令官收官解；一請以蘆課并入各州縣考成，五年一次丈量。又條奏治河事宜，謂海口當開，不容少緩。官都察院左都御史時，奏言鄭成功悖逆顯著，乞諭督撫諸臣製器練兵。請以江寧總兵移駐鎮江，蘇州提督移駐吴淞瀏河。又因不雨，請清理獄囚。俱蒙允行。文通後人今居天長縣南諭興集，讀書者甚多。文通生平不以詩名，偶見其《雪夜和王印周水部韵》五律云：『洗盞增清興，何須問夜闌？唾飛珠玉屑，鹽笑水晶盤。不有荆軻俠，誰憐范叔寒？魚腸白似雪，月下共君看。』蒼深古厚之氣，在國初詩人中正未多讓。

繆湘芷《稄米集》

繆湘芷司空沅，奉旨赴江西糴米十萬，僅得米六萬，交巡撫收貯。明年，江浙水灾，湘芷疏請以采買之米，運送江浙庶官，米無浥爛之虞，而江浙不待别行采買。得旨如請，速行。又蒲臺縣家人叩闈，訐後任將民欠捏揭虧空，命沅往鞫，得誣。諭嘉沅折獄公明，詳細方平。罷江西時，每謂人：予此行，略無長物，惟得詩七百餘篇，爲《稜米集》。同里程大京兆盛修云：『先生早年以詩鳴，繼以文章、經濟受知兩朝，亦云盛矣！』

劉師恕充觀風整俗使

雍正七年設觀風整俗使，特命劉師恕充之。及師恕告病回籍，觀風整俗使缺，遂裁。

俞師巖充揚州全唐詩局纂修官

泰州俞師巖太史梅，康熙癸未進士，官編修。聖祖南巡，召梅父瀫見，温綸嘉獎，賜御書『耆年詒穀』匾額；又特命梅充揚州全唐詩局纂修官。其孫蘅皋堉，亦于乾隆辛未南巡迎鑾獻詩，兼獻治河方略，荷豐貂、文綺之賜，較諸生加倍。

申笏山以詩鳴

申笏山副憲甫，好推獎士類，一語半律之士，輒吟賞嘉嘆。官順天府丞時，兼學政，以金臺書院士子膏火不足，謀諸方制府觀承，撥貲佐之。直軍機處凡三十餘年，中更戡金川、討準夷、平定回部，軍書旁午，日不暇給，公戴星而入，比暮而歸，爲聖主所深知、宰臣所倚任。至奉命起草，每奏進，必當上意。政事填委，手批口挍，皆能洞中機要。然公最以詩鳴，每扈從幸熱河，恭和御製詩，既進，傳旨嘉賞。又常以重陽日同諸公集陶然亭，公詩先成，四座閣筆稱嘆。先時寓時晴齋，爲汪文端公故第，春暮藤花開，必招集同志留連小飲。又賞芍藥于豐臺，尋菊于憫忠寺，歲以爲常，故詩亦最夥。

汪蛟門縱馬破案

汪蛟門懋麟補刑部，時南城武某一車一馬，販米于南花園，宿董之貴家。董利其貲，殺之，夜以車載尸，鞭馬曳之他去。武父得尸于路，得車馬于劉氏之門，謂劉殺其子。蛟門曰：『殺人而置其車馬于門，非理也。』乃微行南城外，縱其馬，馬至董門，輒跳躍悲鳴，衝户以入。即令收之。訊得實，置董于法，劉得釋。都人爲作《馬訟圖》，賦詩張之。又有王某者，與海户鬬，自殺其病弟而訟海户于官。蛟門微行至其家，籠鵝忽群鳴，延頸如有所訴。立逮弟妻，訊之，具以告。既具獄，忽二人稱王府使者，謂某隸籍府中。蛟門怒曰：『吾爲朝廷守法，必需之，當奏聞！』二人氣奪而去。時蔚州魏尚書深器之，上亦知其名。嘗出禁中宣紙百幅，命翰詹諸臣及群僚寫進，擇其尤者二十四幅爲御屏，蛟門與焉。事見王文簡所撰《汪比部傳》。

陳修六《採木免木之歌》

高郵陳修六瑄，康熙庚戌進士，令貴州遵義縣。黔中舊有采捕之役，民以爲苦。修六力請于姚大中丞，疏入，報可，其害遂格。修六有《採木免木之歌》。後令昌化，山僻之間有聚衆者，單車造其地，諭以禍福，咸叩頭乞死罪。旬日之内，黨與盡空，無一人罹于法者。擢户部郎中，度支出入，一秉至公，無所回護。天子聞而嘉之，賜御書太白五言詩一章，有『白鷺下秋水』之句，蓋况之也。

喬石林獨陳濬河

康熙十八年己未[一]春，試博學鴻詞[二]，寶應喬石林萊名在第五，授編修；江都汪舟次楫名在第十五，授檢討；申維翰、孫豹人、鄧漢儀以年老，賜中書銜。萊尋遷左春坊左中允，值海口濬河之議起，河臣建議築堤束水，以敵海潮；閉減水壩，别開閘以泄洪澤湖水。議不能決。上命訊淮揚士夫。時廷臣多右河臣議，萊獨慷慨陳其利害，言海口宜濬。明日入直起居注，上以海口事問某學士，學士仍右河臣；上顧問萊，萊凱切言之，上大悦。萊復至會議所，具論得失，聲情激烈，聞者感動，河臣

[一] 己未，嘉慶六年本、《文選樓叢書》本誤作『乙丑』。

[二] 詞，嘉慶六年本、《文選樓叢書》本作『儒』。

語塞。李文襄時爲吏部尚書，揖曰：『知、仁、勇，先生兼之矣！』梁大司農清標嘆曰：『江淮之間，可謂有人。』先是，石林聞河臣議，大駭。言于司空，司空曰：『事必行矣，言之何益？』石林乃建四不可之議，且矢曰：『今日之事，當以死争之！功名不足顧，身家不足惜矣。』河臣議果以是寢。河流順軌至今，皆聖祖之恩也。

李宗孔、孫宗彝以直名

江都李宗孔、高郵孫宗彝皆以直著名。宗彝號虞橋，初授中書舍人。時中書無舍，排列關神廟中。虞橋詢之，或以中書官爲借徑，不必求備。虞橋以爲任一官必盡一官之職，何可苟也？即奏請設中書舍。又舊時鄉居官紳免差，虞橋上疏請之。同官者責以不自爲計，虞橋正色曰：『我輩能世世爲官乎？念及子孫爲百姓時，則今日正自爲計也。』虞橋爲吏部考功司員外郎，時有以城工授官者，力持不可。堂官劉正宗、郎中宋牧民怒之，誣以索詐。下部面質，虞橋議論不屈，冢宰議以爲均得罪，上獨以宗彝爲直，專罪牧民。李宗孔，字書雲，官給事中。在臺垣先後疏四十餘上，皆關吏治民生。每同九卿奏事，侃侃直言于同列，不少阿附。後請假歸，御書『香山洛社』額，以寵异之。

宫定山《讀書紀數略》

康熙庚戌會試，停[一]八股文，泰州宫定山夢仁以『策論』[二]中第一，官編修，改御史，疏數十上，皆切中利弊。又緣黄、淮泛溢，急請疏理海口，出爲河官。官至福建巡撫，有政聲。歸田後，仿王伯厚《小學紺珠》，廣爲《讀書紀數略》五十四卷。康熙四十六年，上南巡，恭呈御覽，得旨刊行。遂併板繳進，存貯内府，亦儒生之榮遇也。

王文肅設西齋

王文肅安國遷侍讀學士、都察院僉都御史。舊制，院門嚴啓閉，公曰：『人之欲竇在心，苟無欲，雖日啓門，何患？』乃設西齋，日延見諸生，教以讀書、立品，貧者贍膏火。時士氣不振，公見諸生令長揖，使知重廉耻，長氣節。

[一] 停，嘉慶六年本、《文選樓叢書》本作『復』。

[二] 策論，嘉慶六年本、《文選樓叢書》本作『是年』。

乾隆丙辰揚州舉詞科者

乾隆丙辰揚州舉詞科者，江都汪惇士祚、申及甫甫、馬佩兮曰璐，甘泉馬力本榮祖、許渭符佩璜，寶應郭元城東，高郵夏醴谷之蓉。醴谷授翰林檢討。

唐制府、唐改堂有惠政

江都唐制府綏祖與弟改堂太守紹祖，皆有惠政于兩浙。制府官浙江藩司時，奏弛囤當米穀絲棉之禁，窮檐民隱，體恤至周。改堂守湖州，姚玉裁世鈺有詩云：『唐公多善政，第一是停徵。』

卓子任能戰善吟

卓子任爾堪從李文襄公之芳討耿逆，爲右軍前鋒；能陷堅陣，身被數創。桃花嶺、銅錢嶺、源口諸處，皆見戰績。《從軍行》《還家吟》二首，尤可謂忠、孝兼盡者矣。其所遊，曾由定海普陀放洋，過登州碣石，至遼左觀海市。作歌慷慨沉雄，一時寡匹。中歲至吳趨，以蔡雛文爲妾。雛文能詩，子任以『三絕句』聘之。有云：『書生豈有黃金屋，紅袖難歸薜荔墻。』裴之仙和之云：『千騎東方名第一，可容宋玉獨窺墻。』宣城梅文鼎和之云：『生兒應取桃花靧，鸞尾湘鈎出短墻。』

於一川贈詩張發生

雍正癸卯科，江都浦村張發生中武舉第一，弟發青亦中式。丁未會試，發生中傳臚，青中進士，並爲御前侍衛。發生善歌詩，下筆倏千百言。嘗以白紵贈丹陽於一川震，一川爲《白紵歌》贈之，中有云：『將軍弱齡便筮仕，秋風一鶚南天起。同時兄弟垂金貂，曉入甘泉侍天子。鐵衣扈從獵上林，一箭射殺兩青兕。興酣下馬贈新詩，大貝南金光滿紙。中黄虎賁皆嘆息，衛霍當年詎有此。』

武進士張和自叙《總集》

張和，字履中，以武進士爲侍衛。所歷都門、山右、楚南、西秦、恒山，所至皆有吟咏。自叙其《總集》云：『余少小馳心騎射，弱冠侍直禁庭，于三百之旨，媿未能究。然性之所近，往往有觸，輒爲搜枯。自丁卯迄今，共存若干首，彙而付梓，聊志平生閲歷。初不自計其工與拙也，世之覽者，倘不責武夫鹵莽，唐突文士風流，則知我不淺矣！』文亦簡潔有致。江都浦村之張，甘泉黄珏橋之焦，即公道橋吾家阮氏，皆以武世其家，而無不熟習經史、善詩歌，博學能文。焦效朱熹，以武進士官都司，勇力善謀，爲李宫保衛所知。每效歐陽率更體作蠅頭小楷，工妙絶倫。其叔瀛、淳，兄憬，皆以武科顯而善屬文。

阮琢庵上馬殺賊、下馬賦詩

先大父招勇將軍號琢庵，少能挽强馳射，矢無虚發。尤喜讀書，爲古文詞、詩歌，援筆立就。先世居江都公道橋，康熙辛卯，占籍儀徵中武舉。乙未會試成進士，分鑲藍旗教習。雍正癸卯授三等侍衛，賞戴花翎，出官湖北撫標中軍游擊。公餘手録白香山詩，常與僚友相倡和。及調署湖南九谿營，適城步、綏寧兩縣苗匪數萬盤踞山谷，殺傷官兵，肆出劫掠。奉檄領兵，隨鎮筸總兵掩剿，駐三界溪。苗匪悉精鋭屯山口，先大父身先士卒，遠施鎗炮，近接刀矢，斃賊甚多。賊大奔潰。復進攻八樹寨及南山、大箐、横坡諸險隘，次第克之。前後十戰，深入數百里，謀勇並著，兵無少挫，功爲諸將最。而上馬殺賊，下馬賦詩，志慰感懷，頗多篇什。所著有《珠湖草堂詩集》《琢庵詞》《箭譜》《陣法》等書，藏于家。餘詳元所撰《行狀》。

提督楊愷入南書房

提督楊愷，儀徵武進士也。康熙間受知聖祖，召入南書房，與何義門、蔣南沙諸公同挍書史。後提督兩湖，晚年歸老。許登瀛觀察贈一聯句云：『天禄挍書名進士，岳陽持節老將軍。』

陸南圻除虎患

陸南圻鍾輝爲南陽司馬時，有虎患。南圻命獵人得四虎二豹，患頓息。作詩五解，其第五解云：『蠢爾醜類，不死則那。我無仁術，使爾渡河。』

『白面包公』方石村

江都方石村觀察顧瑛，始爲懷慶守，懷人呼爲『白面包公』。

梁嘉稷《哭昆明張滌園使君》

江都張瑾，字去瑕，號滌園，康熙癸卯舉人，官雲南昆明令。當吴逆初平，瘡痍未復。公招集流亡，給其牛種，一年墾田千三百七十畝，三年墾數千畝。舊例里民日供十金，公曰：『令食禄于君，不食傭于民力。』除其陋規。有撫軍僕將[一]奪生員之妻，訟于公。公力衛生，使合巹于公庭。撫僕露刃于門不敢發，事皆卓然可紀。時撫軍將出甲以示威，檄毁雲津橋南北民房，民嘩甚。滌園從容見撫軍曰：『出甲何意？』撫軍語以故。滌園曰：『以六千甲擁出于一門，不如分出四門，則觀者不

[一] 將，嘉慶刻本作『捋』。

測，可耀十萬軍容也。』撫軍喜從之。既便于民，而不以勁直獲戾于上，類如是。上官見其廉，嘗使人瞯之，惟二僕一子，床竈書篋之外，無長物也。卒于位，百姓至不聽殯，以爲好官必再生。將繪遺像，苦不能肖。一民持小像來獻曰：『昔有訟，公不直我；後思之，實直我一生也！故私圖公，歲時祀之。』同里梁五棃嘉稷從姜青藜將軍在滇，哭之以詩。

哭昆明張滌園使君　　梁嘉稷

昆明池隔葉榆河，郎宿俄看隕逝波。薄宦三年春夢短，故鄉萬里暮雲多。尺書頻寄人無恙，凶問何來信恐訛。當食忽驚投箸起，寢門東望泪滂沱。

昨過山城暫解鞍，曾聞明府下車難。抗章力減征徭苦，破鏡重諧婦孺歡。野徑桑麻争蓊翳，公門桃李盡孤寒。泉臺此去君休恨，萬口吞聲哭好官。

少小文名動上台，一官天遠弃家來。謝安雅負三公望，龐統原非百里才。精氣定知能貫日，雄心寧肯遽成灰。可憐鄉路揚州遠，華表何年化鶴回？

雙鳧憶向彩雲飛，仙翮難攀渺翠微。不赴前期陪皂蓋，還來此地伴戎衣。相逢暫慰離居久，乍别誰知會面稀。他日五華山下路，西州門外哭君歸。

滌園治民不憚勞，視日晷雖數寸，獨坐堂聽訟，每不暇食。曰：『何爲一飯不使百姓早出城乎？』

又嘗嘆曰：『寃獄易雪，徭賦難輕！』子元貞勸其引休，公曰：『兒不忍父，父亦民父母也。』又曰：『平百里之政，要在長者截之，短者補之，偏重均之，罅漏塞之，梗者鋤之，支蔓絶之，如是而已矣。』

賈叶六秉公辦案

高郵賈叶六其音，任陝西咸寧令。當吴逆蹂川，咸寧爲屯聚地。王師征剿，供億旁午，公手擘口畫，游刃有餘。時有武弁誣岐山令鄭耀然以糧馬資逆；又諸生程某貧，其僕富，欲脱户，因誣程通逆，叶六並剖其寃。令浙江麗水縣，時有龔姓强聘李生所前聘之妻王氏，私以賄囑。公鞫得其情，令男女易服，堂上行昏禮而出，龔賄爲粧資。嘗入闈分校，夜宿公館中，有人從神龕中出，云爲當道所遣。公厲聲曰：『乃不知賈縣官不可干以私耶？不去，即置汝于法。』

唐莪村封丘斷案

唐莪村制府綏祖知封丘，時兩漁户報盗，失一袴一斧。公疑之，拘漁户往勘，漁户即盗也。柘城盗供夥[一]伴某，公疑之，令侍者易衣就質，盗指曰：『是也！』公大笑，鞫之，乃爲役所教，並盗非

［一］ 夥，嘉慶刻本作『火』。

是。聊城民傅世友携兒摘棗，被毆傷，過者詢之，僅呼曰：『俺兒！』即絶。人縛其兒以鳴官，獄已具。公廉得樹主所毆呼兒者，戀其子也。兒得免。官山東臬司，郯城某殺人，詭家奴自縊，獄已具。公疑券新，鞫他奴，死者故石匠，非奴也，冤始雪。公精神淵著，人望見畏之。共事者相構，至三對簿，没産；而卒無恙，且起用，以壽終。袁庶常枚銘其墓云：『人驚寶鏡，忽涅忽磨。惟其如斯，光乃益多。』

王武徵贊吴薗次

吴薗次綺于康熙丙午出知湖州府事，時湖州大猾舞文告密之風甚熾，薗次莅任，廉得之，獲錢玉函、唐文等十餘人，重杖之。又重杖菱湖奸民沈柬之，境内肅清。王武徵方岐稱之曰：『吴吴興發奸摘伏，類趙子都；見惡輒取，類張子元；仁心爲質，不務近名，類龔少卿。至其稟酌風雅，崇奬忠孝，執持大體，漢廷吏弗如也。』薗次守吴興，尤注意人才，汲引士類，如榜眼胡會恩、翰林沈三曾、探花茅薦馨、進士吴啓宗，皆所成就。生儒感之，立碑峴山之陽。

李柟立朝多所建白

興化李木庵總憲柟，立朝多所建白。緣山東水灾，上命官民人等前往賑養飢民，照例議叙。木庵請用海運之法，由天津運至青、萊、登等處平糶，庶被灾之地不以米少而價騰，贍養之員亦不患無米之可買，上納之。又貴州有謀財致死者，連及死者之孀婦陳氏，時置重法。木庵議云：『陳氏果屬同謀，素與其夫弟許偉宿不相識，當隱匿不言；乃一見偉宿，詢係夫弟，挺身直訴，俾積年沉冤得雪，應再集證定讞。』上從其議，而婦始得釋。江都汪叔定耀麟有送昭陽李公入闕詩一首，附于後。

送少司空昭陽李公赴闕　汪耀麟

五材寵列倚司空，御軸親開賜酒紅。能侍聖明勤典學，肯循資格領群工。江淮正切防河策，飢溺須成砥柱功。雅望魁然勞仰止，君家原有贊皇公。

孫雨田賢良方正

高郵孫雨田穀，虞橋孫也，以賢良方正官南康令。下車首除船差、馬差、里長之役，省獄出無罪者三十餘人。郡守諷公徵索，以阿上官意，公語不合，幕有危之者。公曰：『吾家世受國恩，出都奉老父嚴訓，一作吏遂喪其守，斷頸絶脰不爲也。』有令于粤者，道經南康失風，子溺于水；令誣舟子，公廉得實。後南昌裘中翰見舟子朝夕南向叩首，誦公名。其《署中》詩有云：『放衙山色裏，聽事雨聲中。』亦可見其風度。

王樓村次子懋訥多惠政

王樓村修撰式丹次子懋訥，字抑夫，康熙己卯舉人，中式先修撰四年。雍正時，官烏程令，多惠政。嘗繪《牧牛圖》，邑紳沈編修樹本題云：『知以牧民心牧犢，不須重覓相牛經。』今烏程歸雲庵尚存其與人倡和詩六首。

王耕伯實心愛民

王耕伯希伊，予中太史孫也。官白水令，實心愛民。凡不利于民者，不恤觸上官之怒以與之争。朱笥河學士致書云：『今日能以朱程之學著卓魯之績者，非君而誰？』嘗得楊椒山所書『愛讀秦碑兼漢篆，好尋奇字到雲亭』二語，刻石于白水縣，題以詩云：『二百青銅燕市得，三千里外署中隨。于今勒石昭天壤，拍手來看愛讀碑。』

朱約宰費縣

朱艮齋約宰費縣，椤山愚民乘水灾爲盜，約指授老巡檢郭茂桐往諭之，皆服。蒙山賊據紫荆關行劫，不受招撫。約用劉順昌更番之法，分鄉勇六百名爲六班，更以金鼓臨之，遇賊即退，賊退復進。

賊緣以困斃，盡被擒獲，而民不傷一人。遷晋州牧，有鹽徒聚衆帶器械至邑，約戒各村緊閉栅欄，使無售其鹽者，迫之東去。乃于東路選鄉勇三百人，備擋牌高三尺、闊二尺樹于前，以禦賊之鳥鎗，而以槍、刀、弓、矢魚貫進次，鹽徒悉獲。約素講程朱理學，而能見之實政。既而告休，自吟一絶云：『壯歲遨遊老大歸，憂多樂少泪常揮。遂初賦就饒幽興，笑看晴空鳥自飛。』

鄭燮令濰縣

鄭板橋燮令濰縣，後調范縣。以歲飢，爲民請賑。以是忤大吏，罷歸。元在山東過濰縣，見邑人寶其書畫，多能仿效其體。其流風餘韵，入人深矣。板橋嘗有詩云：『長官好善民已愁，况以不善司民牧。』蓋板橋實不愧古良吏，或以山人遊客目之，非也。

鄭澐知温州

儀徵鄭楓人觀察澐知浙江温州府，時有兄弟因産結訟數十稔，各執一詞，白首而案莫能結。爲集兩造及其子若孫于庭，命人操土音朗誦《棠棣》之篇，兄弟改色，抱持相泣，遂和如初。

唐再可軍營作詩

唐再可思，改堂子也，官雲南呈貢縣令，署騰越州事。值緬匪跳梁，賊數萬逼近州郭，居民欲竄。再可持矛躍馬，出謂衆曰：『走而遇賊，亦必不免。不如持刀杖，示無懼心以疑之，賊可不戰而却也。』衆從之，賊果不敢進，州賴以全。嘗在老官屯軍營作詩云：『貔貅萬衆樹功勛，破壘搴旗水陸分。牧馬汗嘶千帳月，戰船塵壓一江雲。諸蠻翹首雲霓望，窮寇驚心風鶴聞。大纛分明新部曲，旁人猶號故將軍。』

任大椿授禮部儀制司

任子田侍御大椿登進士第，以二甲第一人授禮部儀制司。禮部四司，惟儀制祠祭號爲繁劇，他司往往求兼攝之。子田見朱笥河學士，欲請于部尚書移司簡曹，俾得竭半日一夜之力，假書誦習，以爲十年守官，猶得七年强半讀書。

團冠霞知人善教

團冠霞廣文昇知人善教。歙縣項生孤貧失學，業已寄身闤闠中。冠霞偶見其詩，遂索閱其文。

不令具脩脯，爲之指授，卒成名。又泰州輿臺夫馬氏子，父老無能爲役，業替職。日伺候衙署前，晚歸燃糠覈雜蒿葉雜燒之，取映字，供讀書。冠霞偶閲州試卷，物色其文，言于居停主人送州義學中，予以膏火，并復其父所應得工食。旋爲名諸生。

江菼馬上草奏

江都江補堂舍人菼能馬上草奏，傅忠勇公平定金川，奏請隨軍。凱旋，陞侍讀。後隨駕長白，陷沙磧中卒。申笏山先生殮之，且哭以詩。

《居易録》載『以文章登科甲者』

《居易録》云：『前在揚州日，所賞拔士，如許承宣丙辰進士，給事中、許承家乙丑進士，編修、汪懋麟丁未進士，刑部主事、喬萊丁未進士，侍讀、汪楫己未召試，檢討，河南知府、許嗣隆壬戌進士，檢討、吴世燾戊辰進士，編修、張琴癸丑進士，中書舍人、劉長發丁未進士，工部主事、張楷丁未進士，延平知府、張琬、彭士右、夏九敍、王司龍之屬，以文章登科甲者，不下數十人。』

孫虞橋《寄韓心康中丞》詩

孫虞橋銓部歸田後，《寄韓心康中丞》詩云：『從來聖主得賢臣，大節嶙嶙始可親。誰識當年魚水合，却緣武帝閉關人。』子弓安識之云：此先府君癸亥遺筆也。九月初五日夜卧，引左手書。書畢，指『武帝閉關』句語弓安曰：『汝未悉此事，是韓公自知之。』弓安請曰：『是大人偕韓公在銓部署時，講漢光武出獵夜還，郅惲拒關不納，明日詔惲受上賞故事耶？』府君首肯曰：『然。』蓋府君歷任銓曹，與韓公心康、苗公大生同官相善，公餘，韓公手不釋卷。其日講光武出獵故事，府君贊嘆『是君是臣俱傳千古』，韓公識之。迨府君告歸林下，有侍衛至銓部，傳上意授某官。韓曰：『未見旨，不可。』以是失上意。章皇帝詔，面責韓，遂寢其事。後江南撫軍員缺，部開應署之員，韓公名次在後。上指韓公名曰：『是前不肯署某官人耶？』遂命撫江南。韓公赴任，舟過高郵，晤府君曰：『當日不肯署某官，時意中有郅惲故事也。乃以是竟受上知。』府君舉手加額曰：『公爲名臣，忻逢聖主，今君、今臣，漢事不足道矣！』故詩中述及之。

杜詔叙洪月航《緑雲草堂詩》

錫山杜紫綸詔叙洪月航聲《緑雲草堂詩》云：『月航弱冠即以詩名，乙酉同被召試，聯床京邸。

月航落筆幽麗，宋漫堂先生嘗語人曰：「春波濯柳，寒月印雪，月航詩境似之。」尋復奉命宣詔等八人入直内廷，恭寫《金蓮花賦》。月航賦《紀恩詩》進呈，澤州相國奏拔第一，上賜松花硯示嘉，由是詩名噪長安。』

徐用錫叙舟次《觀海集》

徐用錫叙舟次《觀海集》云：『家編修葆光奉命副册封琉球使，歸著《中山傳信録》。所載先生自琉球歸近四十年，其國于先生改訂之禮儀，不敢愆忘。先生所許可之詩僧宗實，年幾七十，尚誦先生之篇章不去口。其朝端之金紫大夫阮維新，猶溯源于先生奏許留駐讀書，故送别朝使之詩，惓惓自白其爲中朝之太學生也。』

姚薏田叙方觀《石川詩鈔》

姚薏田叙方近雯觀《石川詩鈔》云：『公精于吏事。其司臬也，老胥巨猾，相顧不能名一錢；而大小之獄，人人得自盡其情。于寒素之士，恩誼尤篤。故其詩質而不俚，麗而不淫，周流于親愛倫理之間，纏綿悱惻，猶有温柔敦厚之遺風焉。』

卷二

樊瑩尋父著《塞上吟》

順治己亥，儀徵巨室因事累，遠戍者二十五家，樊某與焉。其仲子瑩，字次白，時在襁褓。閲三十年，母既没，痛父遠在松花江，乃由青、萊、登渡海抵金州，至戍所，卒同父南歸。著《塞上吟》一卷，真摯動人。其《登鼉磯絶頂》詩云：『獨上鼉峰望八荒，白雲滄海意茫茫。不知身外三千里，錯認南山是故鄉。』

吴梅查作《孝女詩》

儀徵火灾，時有張巧姑者，年十四，侍父病，父屋著火，女適在外。躍入，負父出，力不能勝；墜火中，與父同燼。吴梅查均作《孝女詩》，中云：『女躍入火負父出，身弱父重行不得。父女仆地同被焚，骨枯父胸連女脊。』筆力不减香山新樂府，巧姑藉以傳矣。

廖禹門詩吊范孝女

儀徵范孝女父，緣親戚胥靡，逮往六合。女年十三，追之不及，赴龍門橋死。一時作詩吊者數十人。廖禹門有云：『茫茫一片西溪水，名與曹娥共古今。』陳吟侯萊有所撰《改堂閑話》，以張巧姑、金孝女爲『真州雙璧』，所言金孝女事與范同。廖與陳皆儀徵人，所傳姓氏有異，並存之，以俟參考。

王賓聞父喪悲號而卒

江都王孝廉仔園賓就禮部試，撤棘之明日，聞父喪，大呼，泪不得下；反衣羊裘，兩手據榻，目直視，不飲食，悲號五日而卒。

陳儼爲房孝子立墓作詩

房孝子生于北湖農家，先以母病刲股，繼又以父病刲肝，因而困卧。母責其惰，即强起力田事。仆于田，人乃知之。家人問『刲肝何故』，答曰：『無他，但覺人無父母，雖生何爲？』然創竟愈，數年乃殁。陳明經儼爲之立墓，碣曰『房孝子墓』，作詩刊于後。

陳維崧作《崇川兩小兒行》

通州盧氏兩小兒前後刲股療母疾，陽羨陳檢討維崧作《崇川兩小兒行》。

蕭日曠割肝救母

蕭孝子名日曠，字毅庵。年二十六，母病，醫不能治。孝子焚香夜禱，剖腹出肝，脅遂洞開，血流盈體。命妻俞煎藥進母，母病愈而孝子創深，越十七日竟死。俞亦守節不嫁，今合葬梅花嶺，與史閣部墓爲鄰。相傳有《琴操》諸詞曲，語都鄙俚，蓋依託爲之。

吴梅查爲徐萬侯作《孝子詩》

泰州徐萬侯母疾，貧不能具醫藥。禱于神，神教以『天馬心』，服之乃可或云『烈馬真心丹』。驚寤，急走藥肆，遍問無此味。乃悟曰：『吾身屬馬，必吾心也！』遂剜心中肉，旋暈絶于地。聞神云：『此孝子不宜死。』恍惚如衆人翼之雲霧中，忽落地醒，創已合而肉在手。煎以進母，母頓愈。乾隆辛丑，人尚見之，居學宫之左。偏袒視其胸，如蜂窠，四圍墳起。詩人吴梅查均作《孝子詩》三章以美之。

張四科作《李孝子詩》

乾隆二十一年十二月，儀徵夜火，延燒甚遠。有李氏子方侍母疾，火及其舍，急呼婦舁母出。母曰：『若小子女乎？』李曰：『遑恤彼耶？』返視，已不可入矣。明旦往迹之，則梁柱之未燔者支柱墻壁間，子女竟熟睡無恙。觀者咸嘆息，以爲孝感所致。張喆士四科作《李孝子詩》。孝子負販人耳，而至性如此，惜不傳其名。

鄭爕哭乳母費氏詩

興化鄭明府爕幼失母，乳母費氏育之。費本明府祖母婢也，值歲饑，費自食于外，服勞于内。每晨起，負明府入市中，以一錢市一餅置諸手，然後治他事。間有魚飧瓜果，必先食明府，然後夫妻子母可得食也。數年，費益不支，其夫謀去，費泣不敢言，日取舊衣澣洗補綴，汲水盈瓮，買薪數十束積竈下，不數日竟去。其屋中釜内尚存菜一盂、飯一盞，以待明府。越三年復來，其子俊得操江提塘官，屢迎養不去。及明府成進士，乃喜曰：『吾撫幼主成名，兒子作七品官[一]，復何恨？』年七十六，無疾終。明府哭以詩云：『平生所負恩，不獨一乳母。長恨富貴遲，遂令慚恧久。黄泉路迂闊，白髮

[一] 七品官，嘉慶刻本作『八品官』。

人老醜。食禄千萬鍾，不如餅在手。』

王樓村《拜辭先慈靈前》詩

王樓村式丹重赴都門，《拜辭先慈靈前》詩云：『未成封樹向天涯，一拜靈前泪滿衣。遄返舊猶供藥七自注：丁卯七月至都，十月即返，以母病也，重游今已失慈幃。七年聚散身將老，千里雲山夢總非。枉是廬江思捧檄，隴阡何日暮烏飛？』天長林庚泉讀至此，詩云：『至情至性語，一讀泪雙垂。』《英靈集》中失載，故録全篇于此。

吴一山長歌乞藥

吴一山楷工詩，父病噎，藥須獅子油，聞金陵世家有之，即作長歌以乞。

李百藥詩記史典事

江都史典早孤，節母張復以明末城破赴水死，典時甫十齡。及長，于友人得其父手書斂扇一，于鄰姥得其母斂梳，時人爲之繪圖。事見李百藥必恒詩。

吴厚軒作《貞烏篇》

貞女曹氏，泰州梁垛場人。父存日許字同里孫繼芳。繼芳死，依母側不嫁三十年。高郵吴厚軒世杰作《貞烏篇》。

伍瑞徵三子皆孝友

真州諸生伍瑞徵之麟《卜父歸期不果》詩云：『决疑因用卜，已卜更生疑。』又《聞父歸》詩云：『一紙鄉書百夢非』，性真流露，非才力刻畫所能到。生三子：長超，以舉人任繁昌教諭，旌表爲善人；次燧人，諸生；次起，進士，官吏部文選司郎中，皆以孝友著。

陶季作《三不朽》詩

高淳有鬻妻治母喪者。其妻往，誓死不食，因訟于令。令爲出俸錢，使歸之。寶應陶季作《三不朽》詩。

喬崇烈居父喪

寶應喬崇烈，字無功。居父喪，每泣則庭烏盡下。禹鴻臚之鼎爲畫《飼烏圖》，朱檢討彝尊題詩三章。

汪容甫稱劉紉芳『清風亮節』

劉鐔，字紉芳，寶應人。真定太守中柱之曾孫。家極貧，不妄取一錢。事親盡孝，居喪縗絰不去身。江都汪容甫不輕許人，獨于紉芳，稱其爲『清風亮節』。

吴萬子傾金贖難民

高郵吴萬子世杰，懷親友所贈金將入都報捐，見江西被俘難民流離呼號，慘不忍聞。有會稽虞心影、山陽僧蘭盂者，募金爲贖。萬子曰：『使吾得不應得之官，曷若使夫妻、子母多所完聚之爲快耶？』悉傾金與之。復往來金陵，親歷行伍中，力爲捐募，得贖歸者數十百人。又高郵水厄，民就食蕪城，死者日數百人。萬子募同志吴紫園輩給以糗糧，言于州守，具百艘載之歸。喬東湖寅作《流民歸》以美之，曰：『義聲感激多同心，須臾涸鮒沾深澤。』

冒丹書以身捍父

冒丹書，字青若，如皋人。有不利其父者，青若禦諸門，連被四創，而父獲免。李艾山作《短歌》贈之，云：『身斫四刀不肯避，以身捍父死不計。父全寇退身始僵，户外淋漓血滿地。身斫四刀身不死，孰云陰相非神鬼？解衣揮涕向我言，歷歷刀瘢猶在體。』青若工于詩，嘗題《左寧南軍中説劍圖贈柳敬亭》云：『玉帳登壇夜論兵，將軍出寨氣縱横。可憐多少銜恩客，寫向丹青只柳生。』

馬生不負友朋

馬生名□□，江都人。行二，與管配寧太史一清交善。太史令增城，時鄰邑山賊起，太史發之制府以兵剿。馬預爲太史謀曰：『賊必趨海，宜伏兵海上待之。』未幾，制府殺賊，衆解散，渠魁未獲。正嘩議，數日，賊從海上擒至，果如生言。凡佐太史十數年，運謀積勞，政賴以舉。時無子，太史贈以千金俾納妾，生扃金笥中。及太史卒于京師，家口在粤東，生乃以所扃金致太史柩及家口歸于揚；且教其孤孫粤秀讀書，成名孝廉。今管氏家藏馬生小像，歲時祀之，題咏者甚多。如馬生者，可謂不負友朋者矣。

李惇爲友棄拔貢試

高郵李進士孝臣[一]惇，與王懷祖觀察倡爲經學，而篤行尤足爲世範。年十三而孤，事母以孝聞。謹于事兄，兄没，事嫂如母。先世遺田百畝，僅足饘粥，而任恤資助之事，竭力行之不倦。性情和藹退讓，人樂親近之。乾隆丁酉值拔貢歲，少宰謝公墉注意于惇。適友人賈稻孫于試前一日卒于泰州旅舍，貧莫能殮，惇爲經營，不復與拔貢試。少宰試日待之不得，問得其故，尤欽重之。

汪應庚樂善不倦

汪上章應庚以業鹺起家，樂善不倦。每值歲饑，出粟賑濟者屢矣。嘗以五萬金修府、縣學宫，以二千金製祭器、樂器，又出萬三千金購腴田歸諸學，以所入供歲修。每鄉試，助士人資斧，至今永著爲例，謂之『汪項』。

宫恕堂歸里助後輩

宫恕堂太史友鹿引疾歸里，每招致邑後進問字三數人，質所業，力匡導之。謂士大夫退老家居，

[一] 嘉慶、光緒刻本『孝臣』作『孝成』。

既無他功業可芘覆鄉人，能作養後輩如謝元暉于孔闈，不惜齒牙餘論，共獎成之，真不朽盛事也。

鄭板橋布囊散物

鄭板橋燮置一大布囊，所得銀錢食物，雜貯于内。每歸，則凡經過親戚族友家，度其貧否而與之，囊空乃止。

王鐘庵雪中救餓夫

王鐘庵崇謙爲諸生，伉爽篤義，嘗于雪中救二餓夫。後陷圍城中，有騎將二人護之行，得免。問其名，則前所救者也。

史徵君列善人第一

史徵君芳湄，乾隆初舉孝廉方正，郡縣立申明亭于郡學，徵君名列善人第一。

尤仲玉『碩儒襟度』

尤仲玉璋，孝弟之行稱于鄉族，博學能文章。雍正乙卯，趙制府以博學鴻詞薦，力謝不起。制府重之，稱爲碩儒襟度。

余葭白性喜急友

余葭白元甲，號茁邨。少饒于貲，性喜急友。有急者投之，輒解贈千金，不少有德色。用是囊篋垂罄，至于竈額無烟，嘯吟自若，未嘗以昔所周人者望于人，人益以是高之。

李道南集《斷鍼吟》

吾師李先生諱道南，與兄雷皆側室胡氏出。先生既孤，胡太孺人以女紅撫之讀。或勸理舊業，太孺人曰：『吾將以貧勵子學，不願使從富家子遊。』鍼凿數十年，遺斷鍼盈篋，先生每撫之泣。海内通人名士爲咏其事，先生録爲《斷鍼吟》一卷。

李先生家酷貧，一錢不苟取。當除夜，空室無一有。友人將周之，先生逆知其意，曰：『今夕但論古，餘勿及也。』既成進士，座師莊方耕閣學士屬同人賮助之。車馬在門，先生嚴却不受，閣學士深嘆其介。先生之論文曰：『文以勵行，若視爲科第之階，末矣。』嘗有詩《答荆刺史》云：『造道惡趨時，廉耻尤所急。立志忍飢寒，庶幾閑大德。』

斷鍼吟　馬榮祖

斷鍼斷鍼，力盡恩深。煢煢母子，一燈沉沉。斷鍼斷鍼，力盡恩深。宿火已滅，指直氣結。月沉西，風颯颯，歲晏何以祭先臘？停鍼躊躇，心口互答。鍼不斷，鍼屢斷，夜復夜兮旦復旦，鍼未斷時心已亂。一縷半縷，出母十指；千鍼萬鍼，刺兒心裏。鍼斷母心苦，四壁無聲，恃孤兒作主；前鍼斷兮後鍼續，傷哉母逝不容贖。

秀水蔣德

鍼已斷，綫難續；母已歿，兒誰育？念我母兮夜沉沉，十指力盡一寸鍼。前鍼斷，後鍼換，幽燈熒熒何時旦？鍼雖斷截，母志不可滅。鍼斷截尚可重磨；哀哀孝子兮，奈永不得見母何？

程夢星

陶湛傳剪髮，孟仉曾斷杼。嗟哉聚鍼人，恩勤更辛苦。一解。熒熒短燈檠，紉裳兼夜課。以母千縷穿，期兒萬卷破。二解。穿孔巧易乞，磨鍼功須深。可憐一寸鐵，斷絕慈母心。三解。不惜昏雙眸，詎唯勞十指。莫啓舊時箱，刺入兒心裏。四解。

錢塘陳章

兒讀書，母縫裳，寒燈一碗冬夜長。布澀指僵鍼易斷，積久星星篋中滿。一鍼度千絲，十指度萬縷。不知許多鍼，穿盡人間苦！鍼可爛兮心不腐，開篋看時泪如雨。

閔華

積此一篋鍼，刺入孝子心。惟此鍼兩截，刺出節婦血。孤燈寒夜長，兒讀母縫裳。鍼斷且勿悲，學廢無復望。兒今述母語，聲咽心凄苦。予亦失怙人，看鍼泪如雨！

張四科

孤兒捧篋泣，中有百隻鍼。憶昔課書夜，阿母持縫紉。何以表母節，視此敗朽鐵。開篋時一看，孤兒魂欲絶。誰謂鐵有鋼，未抵阿母心不折。誰謂鍼無鋩，刺出孤兒眼中血。綻衣傷指覆兒寒，刺綉易米授兒餐。業成身長母何所，空撫斷鍼慟勤苦。

馬曰璐

斷鍼斷鍼，母心摧，兒泪垂。一燈如豆無見期，十指流血鍼知之。嗚呼，兒學縱成兮，母亡何爲？

秀水鄭虎文

斷鍼如鏃，剜我母肉，肉斑斑，血漉漉。血漉漉，兒不知。兒今知，血痕綉鐵腥風吹。我衣汝鍼，我食汝鍼。斷鍼不鍼，我弃我鍼。噫吁嚱！斷鍼可弃，斷鍼不可弃。穿盡千行萬行泪。

兒見斷鍼，兒願見母。兒不見母，兒也白首。母歸來兮歸來，失母兒，兒誰哀？

任丘邊連寶

鴛央雙飛兮雄翼折，母將雛兮形影隻。朝不饔兮夕不餐，土銼不温兮炊烟絶。風颯颯兮吹蘆壁，霜霰挾風兮侵肌骨。爲他人兮作衣裳，一點冬釭兮青如漆。十指僵兮如懸椎，欲屈伸兮難可得。以縷穿鍼兮挽作纇，萬轉千回兮不能結。阿兒據案兮泪成血！

霜風刮手兮手容戰，握鍼不牢兮鍼屢斷。一鍼斷兮續一鍼，二十年兮滿篋衍。或有末兮而無孔，或有鼻兮而無穎。鼻孔穎末或俱全，中央斷絶兮如斷梗。母德難量兮抵海深，試啓篋兮視此鍼。母之在兮鍼餬兒口，母之殁兮鍼刺兒心。鍼之集兮累千盈萬，腸隨鍼兮寸寸斷。

徐德音

賢母善縫紉，課兒誦遺書。鍼斷那足惜，所惜在三餘。夜復夜兮旦復旦，鍼頭戢戢兮累千萬。累千萬兮母心苦，兒寧失學負慈母。願封塵篋莫開看，恐令孝子摧心肝！

喬椿齡、鍾菽厓相處最深

元十七歲始從李先生遊。前此從喬先生，諱椿齡，字樗友，亦有道君子也。直諒多聞，以禮自飭，朋友以過相規，一時倜儻之士，見先生皆深自斂抑。先生廉介，淡泊自甘，脱粟園蔬以款友人，相與樂之。與甘泉鍾菽厓懷相處最深，有詩贈菽厓云：『世間冷淡應加耐，徑入繁華想不同。』見其概矣。元督學山東時，迎先生相處一年。先生時以廉慎相警戒，未幾，病卒于青州試院。野有古木，元伐之爲棺，以殮先生。

經師誠不求仕進

儀徵經師誠綸，自號拙漁，事父母以孝稱。督學使者李公因培察其文行尤异，優貢之時，師誠請假，未與歲科試也。以養母故，不求仕進，授徒于鄉。性狷潔，不妄取，從學者雖厚幣延致，非其人，弗應也。途有門者，值師誠至，愕然視曰：『經先生來矣！』急解避去。有二弟，性皆戾，師誠遇之怡怡。有詩文集曰《聊且稿》，曰《寸蚓吟》，曰《蠹餘集》。吕孝廉采嘗以先生《事略》示元，元爲之作傳。

鍾菽厓与阮元幼年同學

元與菽厓幼年同學。菽厓祖孚遠，號蕪原，久客漢上，于親戚故舊情誼最篤。

焦蔥樂施不倦

焦太學蔥，字佩士。世居北湖，于鄉黨極盡孝友、任恤之誼，度田租負債之不能歸者，輒取券還之，或毁于火。晚年家漸乏，仍樂施不倦。嘗渡江，舟幾覆。同舟人曰：『無懼。豈有與善人同舟而遭覆者？』没後，王少司寇昶爲文表其墓，元爲書石。太學教子，不許以捷徑取科名，必以通經足用，上報國家。有《課兒劄記》二卷。嘗論唐之詩人入卓行傳者，惟司空表聖一人。戒子弟云：『學詩者宜讀《詩品》，尤宜學作《詩品》者之品。』

顧九錫樂善好施

江都顧九錫，自號邗上釣者。居大橋鄉，書宣太史父也，著有《經濟約編》十二卷。樂善好施，既没，投挽章者數百人。宗鶴問云：『莫道雄文無薦者，千秋大業有誰争。』言其著述之富也。鄧孝威云：『朋儕師郭泰，鄉黨稱彦方。』孫豹人云：『一瘦豈堪同野鶴，千家曾免作枯鱗。』言其隱德也。

『湖中二詩人』范秋帆、沈得中

甘泉范秋帆徵麐、沈得中鳴謙同居北湖，相隔五里，往來吟咏，時稱『湖中二詩人』。又與泰州王鷺亭聯交，乾隆庚子同試于省。八月初，沈病急，王不應試，送沈歸。沈不能輿，以身翼之。既死于途，復爲之殯，時人以爲義。

裔烈娥不辱母家

裔烈娥，北湖士族也，嘗刲股治父疾。父没家貧，母爲媒所欺，嫁爲業豆者婦。其姑與小姑不潔，欲污之以滅其口。娥歸寧，向母泣，臨行，出懷中青白線曰：『兒必不辱母家。』未幾，夫外出，其姑使少年裸而噪窗下。娥扃户，以青白線縫衣裳，自縊死。太守孔毓璞置諸淫于法，葬娥于平山堂之右。郭嗣齡、袁載錫、宋和、黄夢鼎、黄湄、方覲各爲文傳。遠近操觚之士以詩吊者，有楊開鼎、龔孫寅、尤璋、謝逢吉、龔九叙、陳儼、王寅亮、張展、田雲鶴、羅敷五、胡培元、倪岱、鄭燮、趙憲普、謝天霽、宋玉藻、張思武、張重培、程之紳、蔣之蓮、董偉業、施銓、朱珏、王卜周、陳延禔、謝旭、龐繩直、孫浴、余瀛、金拱、潘謙宏、吴佳錦、常繩武、焦步青、焦暉祖、管一清、謝九成、鄭芬、李裕兹、吴涵、陳夢雲、許錦、梅玉樹、于隆光、葉中立、周珠、李瑩、袁長源、孫鶴年、蔣騄，凡五十人。

梁素涵清節自守

梁素涵蘭漪適汪氏，早寡，清節自守。親族有憐其貧醵金周之者，堅却不受。嘗夢魯仲連使之作《蟋蟀詩》，蓋清介之風，實女中仲連也。族子汪容甫中嘗以百錢爲壽，素涵作《返錢歌》謝之。

廖禹門《通州三烈》詩

廖禹門榮懷有《通州三烈》詩。一仲某妻彭娥，家貧，夫令其鬻乳爲活，妻耻之。强爲擇主，娥赴井死。一如皋顧氏妾，夫死，嫡強之嫁，妾潛飲滷，死夫柩前。一王氏，爲娼家養女，耻爲娼，嫁賣香湯者。里中惡少强欲犯之，呼鄰救免；羞忿，自經死，年二十四。

王雪村母博讀群書

王雪村訪有《鮑母程安人賢孝》詩，自注云：『母博讀群書，尤詳《孝經》；以身蔽姑，受寇刀傷。工詩。有「梨花欲吐春晴色」之句。』

趙椿園之妻以節自誓

興化趙椿園妻魏有宿慧，無女師而自嫻于文。閱古今書史，盡曉，亦不忘。適椿園三年而寡，以節自誓，事姑以孝聞。

夏醴谷作《茅貞女》

夏醴谷檢討之蓉作《茅貞女》詩云：『委贄即爲臣，遇變身可致。委禽即爲婦，其道安有貳？頗怪泥古者，顛倒失經義。敢爲苛刻辭，綱常竟安寄。』指歸震川輩斥貞女者言也。檢討甥陳繩祖溺死，其妻葉年二十，無子，有勸改適者，泣涕以死誓。檢討作《河之水》二章。

杜融西作《西山烈女》

西山張氏女送姊暮歸，過深林，有强暴欲亂之，堅拒逃回，白其母，母勸女姑隱忍之。女自忿，縊死。杜融西銘作《西山烈女》詩。

季天中幼年觀劇

季天中給諫五六歲時，見演蘇子卿持節牧羊劇，惝怳離席，拊几太息曰：『噫！十九年矣。』座客奇之。其後揚聲諫垣，于筵前一嘆征之矣。

張伯行解職居揚州

江蘇巡撫張清恪公伯行解職，居揚州館舍，有欲謀刺之者。吾大父琢庵將軍爲公門生，持刀侍左右屢月。被清恪公教，一生廉介，基于此時。

吴梅查《任孝子》詩

吴梅查均《任孝子》詩云：『刲肝療父三，剜股救母七。慎勿謂愚孝，其愚不可及。』孝子名安國。

俞珏與蕭懋德友善

江都俞十穀珏與蕭懋德友善，蕭被誣訟，莫敢與接語，俞獨身維持之。蕭繫于舟，俞與同起卧。至省，爲之慷慨披陳，證據明切。堂上者爲動容，稱善。爰命題作文，各襲以衣而歸。汪蛟門稱其爲人誠樸簡直，文章品詣與弟楊筱齊名。

余葭白謂天地生才

余葭白嘗謂天地生才，未嘗絶于世，而卒鮮成就者，無以養之故也。予雖無養之之責，而力之所及，則固有不敢恝然者。

李鍾鈞業星孝友

李鍾鈞，家貧，業星命，每日得錢，市酒肉以養母，督弟鍾泗讀書。衣之整潔者，以衣弟；母食有餘，亦留以俟弟歸食之。自甘粗糲，始終如一。每夜伴弟讀至三鼓，弟少懈，則泣涕以撻之。今其弟爲甘泉學生，有聲黌序中，皆兄教也。養親有餘錢，以施乞兒，或張路燈。甲寅八月病没，人多哀之而哭以詩。其星命推斷，隨筆皆驗。時有用西法推五星者，疑其有秘傳，及索其書觀之，則坊間星命書耳。問操何術?鍾鈞曰:『隨手酬應,爲餬口計,實無他術也。』人以爲天助其孝友使然。

邢楷舌耕養母

邢楷,字端士,甘泉人。讀書應童子試。幼孤貧,舌耕養母,能竭其力。乾隆甲寅母没,楷哀毁亦没,時年止二十一。鄉人哀之,以孝請旌。

鄭禧克盡其孝

江都鄭禧,字錫五。五歲繼伯父達爲子,自幼以孝稱。達病,禧侍疾不寐,號泣禱于鬼神,割股肉以進。達没,哀毁,遂致瘵疾而死。論者謂錫五以爲後之子,克盡其孝,爲尤難而可貴也。錫五好唐宋人文章,工于董文敏楷法,死時年二十二。

冒辟疆救荒義事

如皋冒辟疆襄救荒義事甚多。吴橋范質公景文記之云:『壬午七月既望,偶同方侍御孩未觀佛事,時冒辟疆在座。述畿城弃兒之慘,凡有所見,皆抱歸鞠育,然不可繼。謀之余與方公,思得一普救法。適蔡懷真舉西天寺僧可當其任,辟疆詳爲條議,捐重資以倡之。』同郡許若魯直序云:『歲庚辰,江南北飛蝗蔽天，赤地千里。吾邑斗米千錢，僵尸載道。辟疆捐金破産，躬自倡賑，日待哺者四千餘人。』並載《同人集》中。許又有詩紀其事。

汪澹人好施與

汪澹人從晋繼父志，好施與，歲動以數萬計，獨力修葺文廟諸鉅工。澹人死，罕有繼其篤行者矣。

蔡女羅以孝稱

冒辟疆姬人蔡女羅，名含，以孝稱。其父孟昭遘毒瘡，女羅割股療之，得生。後八十壽終，女羅哀痛致疾卒。同郡李書雲宗孔挽以詩云：『好將金粟憶前身，自小珠同掌上珍。去作曹娥江上伴，應留黄絹與詞人。』又水繪園嘗有盜夜入室，操刃刺婢僕數人。女羅急滅燈，以身左右，辟疆得脱。故李詩又云：『藁砧風雅重當時，人似青蓮欲殺之。驗取石榴裙上血，于今真作斷腸詩。』

王築夫叙汪楫《悔齋詩》

寶應王築夫叙汪檢討楫《悔齋詩》云：『汪子性簡介，不妄交人。意所不可，雖尊貴未嘗以言徇。南昌王于一客死錢唐，汪子告之知交，爲斂其賻，而又搜集傳其遺文，然于一生時則未締交也。詩人每浮薄傾險，而詩一如其人，振起風俗，吾于汪子望之。』又云：『《悔齋詩》出入盛唐大家，而上溯漢魏，不蹈襲古人字句，皆自出機軸，長慶以下所不屑也。』

沈文慤、陳授衣叙《沙河逸老詩》

沈文慤叙馬嶰谷曰琯《沙河逸老詩》云：『古人莫不有癖，嶰谷獨以古書、朋友、山水爲癖。詩斥淫崇雅，格韵並高，由沐浴于古書者久也。』陳授衣叙云：『我友馬君嶰谷及弟半查皆以詩名江左，平居兄弟相師友，人多比之皇甫子浚伯仲焉。春秋佳日，分吟箋、設佳酌，兩君皆垂垂白髪，硯席相隨不離跬步，依依如嬰兒之在同室，見者竊嘆以爲難。』

陳嘉謨以身救父

興化諸生陳嘉謨，字我師。順治六年，怨家誣其父鴻道私販鹽就逮，我師百計營救，不能脱，乃嚙指爲書，呈白運使，遂沉于邗關而死。更七日，得其尸，髮上指，屹立風浪中。御史廉得其事，出鴻道于獄，收葬我師而旌其閭。

俞士瑄以孝稱

俞士瑄，字宣玉，西山陳家集人。事父母以孝稱。其居喪也，三年不入内；冬不爐，夏不扇，口不近杯杓。嘗葬其生母，大雨驟至，送者悉避。宣玉竟夜立雨中，仰天號泣，近墓之人，爲之不寐。乙酉歲，奉朝命所在舉孝子、順孫、義夫、節婦，邑人士摭孝子事請于有司，巡撫劉公光美以名上聞。同舉者三人，部議獨孝子報可，賜金建坊。

吴愛雲南尋父

儀徵吴愛，年十四，父客死雲南，愛聞訃痛哭，别其姊曰：『姊善視弟，明年是日無信歸，吾隨父地下死矣！』乃竟去。後至湖南，三爲兵掠。逾年至貴州，失路。一倜婦見其少，欲污之，愛堅不從。閉之空園中，凡七日，采桃以食，得不死。婦驚异，遣之。卒至雲南，載父棺以歸。

佟康年捐金立祠

李烈婦，高郵趙氏僕婦。一奴窺婦美，乘其夫他出，夜逾墻破户迫之。婦驚駡，手力握褌，奴扼其吭死之。知州事驗之，手猶握衣，指堅擘之不得解。吏録讞詞，一燕立其首，揮之復集，畢始去。

淮陽道僉事佟康年捐金立祠祀之，是可配露筋矣。又有粉姐者，其父以女許字某。值年飢，某行乞，女父飲以酒，予以二金，令立券退昏。女聞之，即自經死。時江都有市兒將死，婦徐氏年十九。兒屬其叔曰：『婦改嫁，慎勿與鄰兒！』婦聞，泣抱其一歲兒，被蒙首卧，俄聲汩汩，開視，則以刀斷吭死矣。

朱筍河《文鈔》記烈婦

朱筍河學士筠《文鈔》云：順治二年，王師下揚州府。新城廣儲門樊家園羅烈婦，姓李氏，爲羅仁美妻。家有姑、有子，有姒曰劉，娣曰梅、曰李，婢曰菊花。烈婦囑其夫負母挈子去，曳薪塞門，呼同居婦人曰：『願死者，從我無辱！』于時登樓者十二人，呼菊花舉火。仁美負母挈兒，哭出巷，回首見黑烟出樓隙，火光上旋，作拉雜聲，樓板爆爆，人足亂踏如沸，不可聞。仁美仰天而噭。俄頃，聲漸息。仁美走至雷塘，母子皆在。亂平訪家室，餘燼發視之，十三人骨同一處，一股未燼，略辨爲菊花也。

卷三

宫紫懸父子著詩文

泰州宫紫懸先生偉鏐築春雨草堂于小西湖，著《春雨草堂集》五十卷、《庭聞州世説》六卷。子夢仁，官福建巡撫，罷歸，復新構之。夢仁孫翼宸，字參兩，所著《紅椒山房詩集》有《觀先曾祖春雨草堂圖》七律一首、《大父春雨別業初成》七律二首，又有《編輯先大人〈春雨草堂遺集〉》七古一首。

劉後齋四代工詩

寶應劉氏最盛。後齋先生國黻官鴻臚寺卿，長子師恕號艾堂，由禮部侍郎官直隸副總督，著有《賜穀堂詩集》。仲子師寬，字□□[一]，舉人，考授内閣中書，早卒。季子師寵，字越清，號榆莊，以直

[一] 光緒本、嘉慶本均爲墨丁。《寶應縣志》科貢表亦無字號。

隸州州同知借補清河縣主簿，著有《玉山堂集》。榆莊長子子方，蔭内閣中書；次子仰桂，字象林，號東麓，學問淹博，工詩，著有《真意堂吟草》。子方子天麟，亦工詩，著有《思園稿》一卷；次子玉麟，字又徐，以拔貢見分發廣西直隸州州判。元訪後齋先生詩，止見其《葬喬石林侍讀》一首。友人得前明顧涇陽鄉試中式墨卷，幅後有後齋題詩一首云。

李震『四世詩人』

高郵李震之子必恒、必恒之子基簡、基簡之子貢，皆工于詩，時有『四世詩人』之目。

孫虞橋讀書世家

孫虞橋銓部宗彝著《易宗集注》十二卷、《圖説》一卷、《治河要議》一卷。長子弓安，字無燀，順治丁酉舉人；次子弓聖，字無回，皆能詩。無回詩凄清峭刻，宋大中丞犖謂有盛唐遺響。弓安子穫孫[一]精《文選》之理，著書等身，與子中同舉癸卯鄉科，終于刑部主事。中性嚴謹，溽暑必衣冠端坐，王予中深器之，妻以女。中子同轍，己卯經魁；同敞，己卯解元。中之弟穀舉賢良方正，補江西南康

[一] 穫孫，《揚州足徵録》作『濩孫』。又見本卷『賈田祖有《三先生詩》』條。

令。穀子同郊、同庶皆能詩古文。銓部緣鄉邑水災，力持周橋不可開，觸怒河員。值奸民誣之，下獄。穫孫以幼稚奔愬公卿，見者感動。隨侍縲絏中，銓部教以經史。及銓部卒于獄中，遺書愛其英敏，字以邃人，謂其能繼祖志也。同里吴中允世燾跋《孫氏倡和詩》云：『吾郵士大夫子弟多能以讀書世其家，而孫氏人文尤盛。蓋虞橋銓部積德之厚而貽謀之遠也。無燀以老孝廉遊覽山川，多所著述，而無競、無回偕邃人、實子正夫、見青昆仲，日相唱嘆于神山甓社間，風流不減王謝。』

夏西涯『十八鶴來堂』

夏西涯聞政營廳事，有十八鶴翔舞于庭，因名『十八鶴來[一]堂』。子一人：綿祚；孫七人，之芳、之蓉俱以名儒入翰林。之芳、之蓉並受業于兄廷莢，廷莢以諸生終，然詩古文詞，實兩弟之所從出也。

許氏一門有《高陽五種詩刻》

江都許力臣承宣爲給諫，有聲于臺垣。其弟師六承家著《獮微閣集》。師六子眉右昌齡官比部，著

[一] 來，嘉慶刻本作『草』。

有《碧摩閣小集》。眉右之子荔生迎年官中書舍人，著《槐墅詩鈔》；娶徐氏淑則德音，著《緑净軒詩》。師六弟愓庵，荔生弟闇如、虞傳，荔生子渭符佩璜舉詞科，皆工詩。許氏一門有《高陽五種詩刻》。

程香溪著《李義山詩注》

程香溪太史爲汪蛟門比部外孫，所著有《李義山詩注》。又與江松泉昱共訂《詞譜》。

汪耀麟、汪懋麟並以詩名

汪叔定耀麟、季角懋麟弟兄並以詩名，季角寄兄諸詩，每以子瞻、子由相况。如《七月十八日與叔定别于甘羅城黄河堤上》詩，用東坡《鄭州西門外馬上寄子由》韵；《歷下亭中秋有懷叔定》詩，用子由《南京寄東坡》韵。又《家兄來白田爲余生日》詩云：『買犢春來學耦耕，篋中舊筆已無情。卯君生日誰當念，多謝年年白髮兄。』即本東坡《爲子由生日》詩中意也。叔定取東坡《寄子由》詩云『時哉歸去來，共抱東坡耒』，因名其居爲『抱耒堂』。及季角死，每讀《欒城集》必泣，有《讀〈欒城集〉感題》四首。

京師『十子』以詩相倡和

蛟門在京師與田侍郎綸霞、宋中丞牧仲、曹祭酒頌嘉[一]、丁廉使澹汝、王給諫幼華、顏吏部修來、葉工部井叔、曹禮部升六、謝刑部千仞以詩相倡和，時號『十子』。

『江都二東』以詩唱和

江都東柿原志泐、柳塘智湧兄弟相友愛，同居終身，朝夕以詩唱和，時稱『江都二東』。吴穎長贈以詩云：『却羨裴休家署裏，一門群從共談經。』

史蕉飲典試滇南

史蕉飲給諫申義典試滇南，太夫人戒以『挍文勿喜輕雋，致屈老成』。其《試院論文》詩云：『苕華翡翠愛鮮新，誰識憐才別有真。昨奉高堂書萬里，莫辜場屋白頭人。』所著《滇南集》，壯山川之形勢，不減柳州諸記。顧書宣太史爲叙，言『夔梓之間，屬之子美；僰道牂柯之昇，屬之太白；尉陀徼側之墟，屬之子厚。惟滇未有屬，遲之又久而屬之蕉飲。』今讀《使滇集》諸詩，殆非虚譽。

[一] 頌嘉，底本作『項嘉』。曹頌嘉，名禾，官至國子監祭酒。見《施愚山集》。

顧書宣長歌哭蛟門

書宣太史圖河，大橋人，康熙甲戌榜眼。詩才横溢，與汪蛟門比部懋麟交甚深。蛟門没，用張籍祭退之體，作長歌哭之。長洲汪鈍翁琬比諸昌黎之孟郊、歐陽之梅聖俞。

施鐵如歸喪無設奠處

儀徵施鐵如太僕朝榦，兄弟俱舉孝廉。太僕爲乾隆癸未進士，視學湖北。嘉慶丁巳卒于官，官貧宅廢，歸喪幾無設奠處。門弟子、今嘉興太守伊公湯安録其詩一卷，又手書其《七里瀨》等篇見視，已采入《淮海英靈集》矣。伊太守云：『「江上碧山轉，南朝春色來。」先生已删句。昔寓書先生，深嘆此聯之妙，乃復收録集中。』

揚州『前五君咏』『後五君咏』

乾隆初，揚州詩人有『前五君咏』，爲胡復翁中丞期恒、唐南軒太史建中、方上舍士庶、厲孝廉鶚、姚秀才世鈺。『後五君咏』爲劉艾堂侍郎師恕、程洴江編修夢星、馬嶰谷主政曰琯、全謝山庶常祖望、樓于湘上舍錡。

繆海峰歸里爲『四老』

繆海峰橒，少司寇沅之季子，知廣西太平府左州事。歸里，與程風沂、黄寶堂、沈平輿爲『四老』。

宗元鼎、田登均號梅岑

甘泉東鄉宜陵鎮宗氏三兄弟皆工詩，出漁洋之門，以才調擅長。元豫字子發，觀字鶴問，元鼎字定九，號梅岑。吴薗次嘗題定九所居爲『夫容別業』。時田登亦號梅岑，遭時亂離，詩多在軍中作。

真州四子

『真州四子』爲團鶴筊昇、張琢堂璞、陶鏡堂鑑、石蘇門繼登。

賈田祖《三先生詩》

賈田祖有《三先生詩》，爲李先生必恒、殷先生嶧、孫先生濩孫。

『西林七子』與『敦素園七子』

儀徵周豈磷邦堅、汪書石丙、汪大齡庚、陳竹槎多福、戴琴溪賢、張奇玉在琦、團荷白連城稱『西林七子』。寶應喬守之立方、湯鍾律應隆、劉述民兆彭、湯荊垣襄隆、劉又徐玉麐、喬儀上大鴻、喬秉之大鈞稱『敦素園七子』。

東社五布衣

姜蜨巢尚遠、沈春田大修、姜補堂紱、姜瀑岩紳、道士李衡山惠源同在宜陵鎮東社爲詩會，稱『東社五布衣』。

寶應三詩人

陶季瀓、朱秋厓克生、陳冰壑鈺作詩以風格相高，爲『寶應三詩人』。

張抑高有《四君咏》

張抑高弓有《四君咏》，爲釋天放、曾予庵、魏廓功、釋枯雲。

陸懸圃、王築夫實出於雷伯籲

興化陸懸圃廷掄、寶應王築夫巖倡爲古文。築夫有《异香集》，頗爲當時所稱，不在魏冰叔、汪鈍翁下也。王文簡作《汪蛟門傳》，言其與兄叔定同授經于築夫之門。築夫宿儒，工古文，通經學，君得其指授爲多。叔定有《題王築夫遺像》詩云：『雪後風前思坐立，東南師表屬何人？』陳檢討維崧作《陸懸圃文集叙》云：『縱横六藝，樂逾南面之榮；貫串諸家，氣壓萬夫而上。』惜其集罕覯，未之見也。然二人之爲古文，實出于雷伯籲。伯籲隱居艾陵湖中，嘗薦汪舟次于施愚山觀察，舟次緣是知名。

黄裕、張秉彝時稱『兩垞先生』

儀徵黄裕號北垞，張秉彝號南垞，時稱『兩垞先生』。是時泰州杜漸鴻又號東垞。

馬秋玉、馬半查結邗江吟社

馬秋玉徵君曰琯、半查曰璐昆弟並嗜古能詩。家藏書籍極富，貯叢書樓。裝訂致精，書腦皆用名手宋字，數人寫之，終年不能輟筆。乾隆中開四庫館，其家恭進可備採用之書七百七十六種，優詔褒賞《古今圖書集成》一部。又性好交遊，四方名士凡過邗上者，款留觴咏無虚日。結邗江吟社，與昔之圭塘、玉山相埒。錢塘厲太鴻徵君鶚、陳授衣章、歸安姚玉裁秀才世鈺皆館其家。

方息翁及族侄、女婿皆工詩

桐城方息翁扶南工詩，方環山士庶、西疇士𢈪皆其族侄。環山没，詩稿歸息翁點訂。江都葉義方敬，息翁女婿也，詩學亦多授于息翁。息翁投馬秋玉句云：『不知何事同秋澗，逢著清流便有聲。』

汪舟次、黄裕詩集

汪舟次楫《山聞集》，因丁未遊西江，歷匡廬、青原、西山諸勝。藥地老人題曰：『山聞謂清泉白石，實聞此言也。』唐趙嘏詩云『白首江上吟』。黄北垞裕，年五十八，徙居儀徵，得詩集三卷，名曰《白首江上集》。

方邴鶴《航海生涯集》

方邴鶴原博官泗州學正，以事謫戍口外，遇赦歸。嘗從徐澂齋太史葆光册封琉球，著《航海生涯集》。其詩畫及八分書皆擅能一時。

桑雪薌、熊偉男著作

桑雪薌豸，江都詩人也，著有《廣陵紀事》四卷。又瓜洲熊偉男維熊有《瓜渚貞烈志》，求之皆不可得。

宋潛溪論文詩與顧書宣論書詩

宋潛溪有論文詩八十韵，顧書宣作論書詩一百韵以敵之。

馬榮祖作《文頌》《演連珠》

馬石蓮大令榮祖仿司空表聖《二十四詩品》作《文頌》，又作《演連珠》一卷。

唐綏祖兄弟六人互相師友

唐制府綏祖兄弟六人互相師友，改堂太守紹祖與弟序皇太史繼祖尤善古文。汪舟次臨終屬改堂爲誌墓石。

程夔州刊《方望溪全集》

程夔州太史崟刊刻名人遺書最多，《方望溪全集》亦夔州刊也。

陳曙峰爲通經著述之才

揚州當康熙時詩人最盛，通經著述之才，惟泰州陳曙峰太史厚耀。太史通術算，撰《春秋長曆》以補杜征南之闕佚，而正其訛舛。又有《春秋世族譜》一卷、《春秋戰國异詞》五十四卷、《通表》二卷、《摭遺》一卷，並採入《四庫全書》。元嘗見其家乘所載，尚有《禮記分類訂正》《孔子家語》《十七史正譌》等編，惜其嗣已絶，不可得見矣。其算法可匹宣城梅氏，而考證精核，亦不在閻潛丘、顧亭林之下也。有《算學書》三十帙，今存泰州宫樂侯軒家。

王漢恭著《閲史約書》

瓜洲王漢恭光魯著《閲史約書》五卷。卷一爲地圖，朱墨錯書，以明古今地邑分合；次爲地理直音，所以明地圖所未備，顧震滄司業《春秋大事表》所附《輿圖》，正用其體；次歷代事變、官制、圖譜；次古語訓略；次元史備忘録，以元代人同名最多，易于淆混，特區别之也。自叙稱『商量人物易，語名物制度難』，誠爲深得史學之奧。隱處江濱，聲名不顯，殊可慨也。漢恭詩宗少陵，有《碧漸堂詩草》一卷，附刻《閱史約書》後。

張習孔著作直抒胸臆

張習孔，字念難，歙縣籍，生于江都。順治己丑進士，官至山東督學僉事。著有《大易辨志》二十四卷，《雲谷卧餘》二十卷、《續》八卷，《貽清堂集》十三卷、《補遺》四卷，直抒胸臆，無明末鈎棘纖佻之習。

王予中尤長考訂

王予中懋竑邃于經學，尤長考訂，有《朱子年譜》《白田雜著》等編。同里朱止泉澤澐亦講朱程性理，有《朱子聖學考略》二卷、《止泉文集》八卷。

汪蛟門作《辯道論》

楚人朱方旦挾其術游公卿間，惑其説者，至擬諸大禹、孔子。汪蛟門比部以爲妖妄，作《辯道論》。

喬石林歸田撰《易俟》

喬石林侍讀萊歸田後，撰《易俟》十八卷，雜採宋元後諸家易説而參以己意。前列諸圖，不主陳摶《河圖雒書》『先天後天』之説，于卦變亦不取虞翻以下諸家，而取來知德之反對，其解經多推求人事，參以古今之治亂得失。康熙二十年冬，石林典粵試，自洞庭、瀟湘、南嶽、九疑，以至零陵、桂林諸名跡，皆紀以詩，極爲王文簡所稱。又有《粵遊日記》一卷。

周漁所著多創論

周漁，字素庵，興化人。順治己亥進士，官編修。所爲《采菱曲》及《江上絶句》並極工妙，惜未見其集。所著有《加年堂講易》十二卷。《四庫書提要》稱其『闢《雒書》之僞，而别衍《河圖》之奇偶。所解六十四卦，亦多創論』。

張問達《易經辨疑》

江都張問達，字天民。著《易經辨疑》七卷，自叙『首推王弼』。康熙己未，廣平冀如錫叙，稱『得力于陽明良知之學』。又朱江，字東清，亦江都人，有《讀易約編》四卷。

吴蓮《尚書注解纂要》

江都吴蓮，字余嘉，著《尚書注解纂要》六卷。

湯啓祚沉酣經史百家

寶應湯啓祚，字迪宗。居城南之槐樓，沉酣經史百家，終身不倦。問字者甚多，畏其孤峭，不敢見，唯以簡牘列所疑，空其半幅投之，迪宗即爲考證詳確還之。著有《春秋不傳》十二卷，多取『三傳』刻核論人語。又有《杜詩箋》十二卷，乏貲謄寫，喬幼宏爲給筆札。

賈田祖開經學之先

高郵賈田祖，字稻孫。開吾郡經學之先，與同邑李孝臣惇、王懷祖念孫友，三人皆善飲。每酒酣，輒鈎析經疑。同時講古學者，興化任子田大椿、顧文子九苞、江都汪容甫中、寶應劉端臨台拱，聲應氣求，各成其學。是時元和惠氏、休寧戴氏大興古學于江以南，而江北則諸君子爲之倡焉。稻孫好《左氏春秋》，未嘗去手，旁行斜上，朱墨爛然。見于汪容甫所撰墓銘，成書則未之見也。嘗作《廣恨賦》。其弟成祖，字肇先，有《題〈廣恨賦〉》詩。

任子田窮極經術

任子田窮極經術，于小學、制度尤爲精核。所撰有《深衣釋例》《釋繒》《字林考逸》，皆自刊成；《弁服釋例》，身後刊于浙江，元嘗爲之叙。

汪容甫《廣陵通典》

容甫所著有《廣陵通典》三十卷，考核廣陵疆域、沿革，極爲詳核。嘗自稱有得于《春秋》，未有成書，而所撰《左氏春秋釋疑》及《居喪釋服解義》今刻《述學》中，可見其梗概。又有《傷心集》，則録古人哀傷之文；又有《春秋後語》，皆未刊刻。惟自刊《述學》三卷，然容甫既歿，得之頗艱，元爲刻于《瑯環仙館著録書》内。

李孝臣博治諸經

李孝臣博治諸經，尤深于《詩》《春秋》。晚好算術，通梅氏之法。所撰有《卜筮論》《尚書古文説》《金縢大誥康誥三篇論》《毛詩三條辨》《大功章爛簡文》《明堂考辨》《考工車制考》《歷代官制考》《左傳通釋》《杜氏長歷補》《史記説文引書字异考》《渾天圖説》《群經識小》《讀史碎金》。元嘗轉托友人向其家求遺書，尚未得見，止得其遺詩一卷而已。

顧文子之母通經邃古

顧文子母任氏，爲子田之祖姑，通經邃古，文子之學所從出也。文子子鳳毛，字超宗，亦授經于祖母。文子成進士，卒于京師，任亦繼没。甘泉潘雅堂刑部純鈺作《哀詩》云：『韋母紗幮比絳帷，早通經義析群疑。一門自足師兼友，四德能全孝與慈。集古文章因晝荻，循陔樂事到含飴。暮年忽灑西風泪，愁憶蘭窗授讀時。』文子長于《毛詩》、『三禮』，未見其所著書。超宗著有《詩集解》《董子求雨考》《楚詞韵考》《入聲韵考》，年二十七中副貢生，即卒。

江松泉夫婦工詩

甘泉江明經昱號松泉，撰《尚書私學》四卷，不取閻百詩之説，謂《古文尚書》論政、論學莫不廣大精深，非聖人不能到，自行其一家之學也。作詩工于咏物，有《松泉詩集》六卷。嘗客漢上，著《瀟湘聽雨録》二卷；又有《韵岐》五卷。其妻陳珮，字懷玉，亦工詩，有《閨房集》一卷。

史蕉飲等得江山之助

古詩人每得江山之助。吾郡史蕉飲申義之使滇南，喬石林萊之涖閩，陶季澄之遍歷五嶽，汪舟次楫之出使海外，説者謂如康樂之于永嘉、柳州之于柳州也。他若王佐周令宜官于蜀，作《建南新話》；夏筠莊之芳巡臺灣，作《紀巡百韵》；趙子淑有成客粤西，作《浮湘集》；汪默人淳修轉餉益州，作《蜀遊草》；閔東皋璠佐幕滇南，作《滇遊日記》，皆有專集行世。

閔鶴癯、黎于一、汪舟次所作地志書

江都閔鶴癯叙督學廣西，作《粤述》一卷；黎于一定國游福建學幕，作《續閩小紀》一卷；與汪舟次楫所作《中山沿革志》《使琉球録》並爲地志書之善者。

吴薗次《嶺南風物記》

吴薗次綺撰《嶺南風物紀》一卷，首二條叙氣候，次十條叙石，次六十條叙草木花竹，次十七條叙鳥，次五條叙獸，次六條叙蟲，次十七條叙鱗介，次三條叙布，次三條叙香，次二條叙酒，次四條叙蔬轂，次十五條叙雜事。其婿江闓删訂。今庫本所録則山陰宋俊所增補之本也。王方岐作《薗次小傳》，稱所著有《亭皋集》《藝香詞》《林蕙堂文集》。薗次没後，子壽潛合而編之，附以所作南曲九闋。

北湖著書之士

北湖多著書之士。王方岐、方魏兄弟並以學名。方岐，嘗修郡志者也；方魏邃于《易》，著有《周易廣義》《纂周易解》。《廣義》焚于火，《纂解》一卷，今藏焦明經里堂家。孫蘭字滋九，深于史學，著《輿地隅説》四卷，嘗刊行；又有《柳庭人紀》三十卷。焦蒲載輪以諸生而長于射，著《射訣》二卷。徐坦庵石麟[一]著有《趨庭訓述》四卷，《枕函待問編》四卷，《蝸亭雜訂》十卷，《壺天暇筆》十卷、《續筆》二十卷、《四筆》十卷，《古今青白眼》三卷。又有《詞韵》六卷，《轉注辨》二卷，《坦庵瑣録》四卷，《詩餘定譜》十卷，《三憶草詩集》四卷；詞集有《甕吟》四卷，《瓢聲》四卷，《且謳》一卷；南曲有《添香集》三卷。其自叙書目，今不可見者尚夥。其侄元美，字懿公，亦工詞，有《湖上吟》二卷。

[一] 石麟，焦循《北湖小志》卷三作「石麒」。

王勿翦撰《知新録》

王勿翦棠本歙人，居于江都。撰《知新録》三十二卷，自天文、術算、六書、金石以及一事一物，皆採集衆説，考其原始，參以論斷，雖未及顧氏《日知録》，而遠出楊慎《丹鉛録》之上。有《感懷詩》三十首，爲一時傳誦。

費此度、費錫璜诗作

費此度密，成都人，避張獻忠亂，寄跡泰州。王阮亭嘗稱其『大江流日夜，孤艇接殘春』之句。有《燕峰詩鈔》一卷，編《唐宮閨詩》二卷。其子錫璜，編《漢詩説》十卷。

鄧孝威《詩觀》《詩觀别集》

泰州鄧孝威漢儀，選國初人之詩，爲《詩觀》十四卷；又選閨閣詩，爲《詩觀别集》二卷。

孫豹人『溉堂』著書

孫豹人枝蔚本三原人，甲申闖賊亂時，曾率里中少年殺賊，失足墮土壙中，幸不死。後至廣陵學賈，三致千金，頓自悔曰：『丈夫處世，不能舞馬矟、取金印如斗大，則當讀數十萬卷書耳，何齷齪學富家兒？』乃僦居董相祠旁，名其居曰『溉堂』。家日乏，著述日富，有《溉堂前集》九卷、《續集》六卷、《後集》六卷、《詩餘》二卷。

吴野人《陋軒詩》

《陋軒詩》四卷，泰州吴野人撰，江蘇巡撫採進，收入《四庫存目録》，《提要》云：『泰州多以煮海爲業，嘉紀獨食貧吟咏，屏處東淘，自銘所居曰「陋軒」，因以名集。其詩頗爲王士正所稱，後刊板散佚，此本乃其友人方千雲裒集重刻者也。其詩風骨頗遒，運思亦復劖刻。而生于明季，遭逢荒亂，不免多怨咽之音。』

宗元鼎《芙容集》

《芙容集》十七卷，宗元鼎撰，其弟之瑾箋注。鄒祗謨叙謂其『憔悴江濱，拄户高吟，年已四十，猶在捉鼻時』。凡《樂府》一卷、《古體詩》三卷、《律詩》四卷、《排律》二卷、《絶句》二卷、《詞》一卷、《賦》一卷、《雜文》三卷。兩江總督採進。

《四庫存目録》所收汪懋麟等人著作

汪季甪懋麟《百尺梧桐閣集》二十六卷；史蕉飲申義《過江集》四卷；陶季瀓《舟車初集》二十卷；朱恭亭經《燕堂詩鈔》八卷；王樓村式丹《樓村集》二十五卷；顧書宣圖河《雄雉齋選集》六卷；唐次衣紹祖《改堂文集》二卷；方近雯覲《石川詩鈔》三卷；程午橋夢星《今有堂詩集》六卷，《茗柯詞》一卷；程且碩庭《若庵集》五卷；僧藥根湛性《雙樹軒詩鈔》一卷；興化趙秋壑秉忠《敝帚集》二卷，《蘆中集》一卷，皆收入《四庫存目録》。

汪舸有《巘峿山人集》

汪舸，字可舟。性不諧物，偃蹇貧病。杭堇浦與沈沃田書，盛稱其《和丁隱君貝葉經歌》《長春觀老子像絶句》。有《巘峿山人集》八卷。

王坦撰《琴旨》

通州王坦，字吉途。精于鼓琴，撰《琴旨》二卷，言：『自來言琴律者，其誤有五：一在不明《管子》五音四開之法，而以管音律吕定弦音；一在不知以五聲二變明弦音之度分，而以律吕分徵位；

一在不知《管子》百有八爲倍徵，及《白虎通》離音尚徵之意，泥于大不過宮之説，而以大弦爲宮；一在不知三弦爲宮，而以一弦十徽爲仲吕；一在據正宮一調論律吕，謂隋廢旋宮止存黄鐘一均，而不知五聲旋宮轉調之全。蓋本《御製律吕正義》而推闡之者也』。程香溪太史夢星有《雪後聽五琅王吉途鼓琴聯句》，中云：『獨把太古編楊濂，别裁中散譜。引聲辨宮商余昊，總調分徵羽。堪破千載聲，程夢星能發一時瞽黄裕。』許嵩奏天球《端陽後五日讌集補堂，聽王吉途鼓琴，即題其所著〈琴旨〉後》云：『書成人鮮識，指妙世無雙。』

季嫻選《閨秀集初編》

女史季嫻，字静媖，興化人。適李氏。嘗選前明閨閣諸詩爲四卷，後附詞一卷，總曰《閨秀集初編》，載《四庫全書存目》中。

王西莊叙任大椿《子田初集》

王西莊光禄鳴盛叙任侍御大椿《子田初集》云：『余所見詩人多矣！健于氣、奥于思，莫任子若。任子以陸機作賦之年，中蘭成射策之選，名滿京洛，儕輩咸推下之。其樂府幽深杳冥，五古曲折微至，而一種淡風遠響，又入韋左司、柳儀曹之室。是真卓然名家者矣。』

厲太鴻叙余茁村《詩鈔》

厲太鴻叙余茁村元甲《詩鈔》云：『集中詩大都皆彫年急景、冰雪峥嶸，觸于懷而托于音者也。初曰「銷寒」，既取傅咸《款冬賦》中句，名曰「濡雪」，以韓、孟之奥峭爲宗，而取材近于皮、陸，淵雅近于歐、梅。』

洪昉思叙喬石林《使粤集》

洪昉思昇叙喬石林《使粤集》云：『康熙壬戌，粤西補行鄉試，編修喬石林先生往典試事。凡道涂梯涉、郵籤驛舍之栖止，與夫幽遐瑰麗之觀、談讌贈答之雅，悉發而爲詩。』

施愚山、孫豹人叙汪舟次《山聞集》

汪檢討從施愚山觀察爲豫章之遊，有《山聞集》。愚山叙云：『往歲丁未與汪子舟次、高子阮懷同遊西山。汪子又獨遊匡廬，紀其所見，窮幽極渺，不過人不已。其家廣陵，南北輻輳，魚鹽之地。日大索古文奇編儹聚而讀之，四方客至，非著聲實而近文章者，則閉户不出。』孫豹人叙云：『舟次年弱冠時，即善笑駡今一切爲詩文者。余嘗聞之鄰寓汪湛若，湛若，其族人之善書者也。後因東淘吴埜人與之定交，舟次故恂恂善下人。余三人交既久，舟次每一篇成，余與埜人未嘗不憚之。筆鋒銛利，如干將、莫邪新出于冶，光芒不可逼視。近且變其利者而爲鈍，則益不可測識矣。』

周亮工、方拱乾叙汪舟次《悔齋詩》

周櫟園亮工叙《悔齋詩》云：『《悔齋》一編，蕭遠閑曠，得古人之意而深之以性情。』方甦翁拱乾叙云：『舟次年未三十，胸中有上下千秋、睥睨一世之意。』

史蕉飲、汪蛟門叙顧書宣《雄雉齋詩》

史蕉飲叙《雄雉齋詩》云：『書宣家城東七十里外。偶一入城，停數日，亦滿車載卷軸，擁身自隨，而尤殫心力于爲詩。』又云：『君性醇謹，舉動樸雅，絶不染纖靡佻巧便給。惟與吾輩論文上下，詞辨鋒起；酒酣雜以諧謔歡呼，笑嘆淋浪，不自知其風流邁往者。』汪蛟門叙之云：『顧子往時之詩，妍詞秀色，頗爲時人所稱道。久之自視爲不工，焚弃惟恐不盡。自甲子迄今丁卯，痛自割削，僅存百餘恢奇奧衍、盤礴不羈之詩，以與吾輩一二人相賞。』

朱彝尊叙程蕎亭《紅藥書莊詩》

朱竹垞彝尊叙程蕎亭式莊《紅藥書莊詩》云：『蕎亭弱冠工爲詩，歷十餘寒暑，無奥不探，而得力于蘇、韓爲多。近體間涉樊南、遺山之間。』

范家相叙陸南圻《放鴨亭小稿》

會稽范家相叙陸南圻鍾輝《放鴨亭小稿》云：『君屢病，卧居斗室，自藥筩、粥甌以外，斜几曲枕，無不安置詩集。欹首睨目，喃喃咀諷，家人勸之愈甚。』

黄仙裳叙盧龍蓀《修來堂詩集》

泰州黄仙裳雲爲通州盧龍蓀恒允作《修來堂詩集叙》云：『詩文視其人，人視其學，學視其所傳。先生承子明、公亮兩前輩之後，恪守家教，鼓吹正聲，而揚人之美、掩人之疵，滿懷皆吉祥善氣。』

唐紹祖、殷彦來叙史蕉飲詩集

唐改堂紹祖叙史蕉飲《過江二集》云：『先生爲人俊妙高簡，仕進無所競，讀書務深造自得。于人慎所許可，不爲脂韋俯仰之習。《過江續集》一編，典麗以静，沖淡而遠。既已絶去刀尺，未嘗少溢繩墨。』殷彦來叙云：『先生年來簾閣養疴，罕所梯接，吟咏亦復寥寥。讀書之暇，惟尋味乾竺家言。一日，先生走長須剥啄致一巨軸，顔曰《過江二集》。予呼酒雒誦，一夕遂竟。其間包舉宇宙，驅使古今，無幽憂侘傺之音，多恬澹怡愉之致，渢渢乎風雅之極則也。』

王安國叙夏伊園《詩存》

王文肅安國作夏伊園廷美《詩存叙》云：『余讀書村舍，伊園相與共業，往往茶烟孤裊、樹雅暝歸，尚討論于佛龕殘火之側，徘徊不能去。余倖竊科名，遂疏劘切。伊園鍵户稽古于性命之學，彌極精微，殆莫能窺其所造就。』

陳授衣叙方環山《詩鈔》

錢唐陳授衣章叙方環山士庶《詩鈔》云：『環山同吟社最久，每連榻并几，得一題，輒攢眉聳肩，艱苦而出之。及成篇，則渾淪天出，如春風過水，了無痕跡。』

蔣繼軾撰《尤仲玉先生傳》

甘泉蔣太史繼軾撰《尤仲玉先生傳》云：『先生詩宗唐人，古文入南豐之室。里中傳、叙、碑、銘多出先生手。』

程夢星叙汪叔定《抱耒堂集》

程香溪太史夢星叙汪叔定耀麟《抱耒堂集》云：『先生之詩，幽而朗、曲而暢，情孤而境遠，視比部公之温麗豪逸、雄視一時者，則别開蹊徑，而皆足以傳。』

吴端人《入藏路程記》

康熙初征西藏時，高郵吴端人廷偉時爲同州知州，從延將軍入拉里路苦苦腦兒，凡往返行三百八十日，爲途共一萬三千一百七十里。記所歷山川、風俗及王師摧賊之事，爲《入藏路程記》一卷。

卷 四

張輅性情簡傲

張輅字樸存，江都老詩人也。有《春草》詩云：『樓頭女兒夢還夢，陌上王孫歸未歸？』江上女子見之而死。其實樸存詩之佳者，非此二句可盡。樸存性情簡傲，嘗從楊玉坡侍御開鼎居京師，頗以論詩見憎于某公。適某公督學江蘇，張應歲試，乃置之下等。時頗以鄺湛若露比之。

郭嗣齡師從范荃

范荃，字石湖。居北湖，與郭自瞻爲鄰。自瞻使子嗣齡從之學，相對月餘，荃曰：『子可以成進士，詩古文非所能也。』嗣齡既通籍，稍稍自爲詩，生徒從者甚衆。高郵王子年澤孚，詩人也。郭以所爲詩請正之，王皆搖首不置一詞。卒之舉一五律起句云：『庭空坐晚晴』。子年乃頷之曰：『「坐」字是詩，則正其師范所易也。』郭終身乃不復言詩。其爲周弟六璽作詩叙，曾舉此事不諱，但未言師爲何人耳。荃没之前日，自書墓碣曰『今之石湖』。

殷譽慶坎坷終老

江都殷譽慶，字彦來，號蘧齋，爲王文簡公高弟子。詩才清麗，賦性狂簡，不知經紀家事，又懶爲科舉之文，故坎坷終老。文簡極憐其屈抑。長洲沈歸愚宗伯求其詩集，僅得近體二章，收之《别裁集》。朱抱經重慶《吊蘧齋》詩云：『鬚動風生面有詩，瓣香曾祝濟南師。昇仙多少靈雞犬，獨有蘧齋守竈癡。』

焦仁亭性孤潔

焦仁亭潤居黄珏橋，性孤潔，求得其畫最難。有鹽賈謀諸其友人，友人與之飲，談笑厚密，時以紙幅餂之，欣然，頃刻成十二幅。明日，廉知其故，復往，于每紙上添數驢，鹽賈怏怏然，遂弃之。後又有曾貫之日唯善楷書，時造建隆寺，須書『大雄之殿』四字，以爲非貫之不可，賄以重金不能動；然往往市賈屠販之流，以牛肉白酒供之，則爲之作大幅。性情之癖，如出一轍。

孫豹人舉詞科

孫豹人舉詞科，時大司寇崑山徐公爲一時龍門，四方之士，鱗集仰流。京師爲之語曰：『萬方玉帛朝東海，一點丹誠向北辰。』豹人耻之，求罷不允，入試，不終幅而出。上雅聞其名，命賜銜以寵其行；部擬正字，上特予中書。始豹人以年老求免試，不得，至是詣午門謝，部臣見其須眉皓白，戲語曰：『君老矣。』豹人正色曰：『僕始辭詔，公謂不老；今辭官，公又曰老。老不任官，亦不任辭乎？』部臣愕，謝之。

汪中不務虛謙

汪容夫中爲諸生時，與興化顧文子齊名。謝金圃少宰視學揚州，公謁時，呼兩人，令自道其甲、乙。顧謙遜，汪曰：『中甲，九苞乙。』少宰責其不讓，汪曰：『掄才之地，一言論定。徒務虛謙之名，遂失是非之實。世俗據之，後悔奈何？』

李方膺工畫梅

通州李方膺，號晴江。工畫梅，傲岸不羈。牧徐州，見醉翁亭古梅，伏地再拜。嘗題《畫梅》

云：『寫梅未必合時宜，莫怪花前落墨遲。觸目横斜千萬朶，賞心只有兩三枝。』

李沛、李沂有『一狂一狷』之目

興化李平庵沛、艾山沂爲從兄弟。平庵爲人傲岸，杯酒淋漓，臧否人物，往往爲人目攝。間爲高論，客輒掩耳避去。艾山和易近人，未嘗有厲言疾色。時有『一狂一狷』之目。王新城司理揚州，聞艾山名而不可得見。行縣至興化，命駕訪之，艾山固辭，新城益重之。

顧蓮溪繪圖建寺

顧蓮溪同根，興化老諸生，工于畫法。邑東郭外有浮圖三級，建法輪寺，久不修，因繪三圖，一原其始，一寫中圮，一望更新，各係以詩。里人踴躍，而功遂成。然其畫雖素好，不易得。作時一硯、一水盂，正衣端坐，不與人通一語，或十數日成一紙。紙中方寸地，有加染數十次者，問其故，笑而已。

張良御作《海烈婦傳》

張良御太史符驤，泰州海安人。嗜歸震川古文，終身效之，名其居爲『依歸草堂』。時寶應王築夫巖亦以古文名，嘗著《常州海烈婦傳》，爲時所稱賞。良御駁其不合古法，更作《海烈婦傳》以敵之。與繆餘園司寇交，餘園先貴，良御猶呼其名。

趙南屏自畫『牧牛小照』

趙南屏居北湖，工于丹青，尤善指畫。以武舉會試，不第，因隱于農，自號『鋤夫』。嘗自畫『牧牛小照』，題以詩云：『今日且知牛背穩，閑情穩判學鋤夫。』

朱秋厓作《武夷山賦》

朱秋厓太學克生遊武夷，與一老黄冠偕行。每過一曲，登高臨深，遇石必問，囊筆紀之。及閱《武夷山志》，按之不失銖黍。謂志中所載僅趙宋以下諸儒詩詞，未有賦記，因博采廣蒐，稽今證古，仿左太沖體作《武夷山賦》。

龐良木酣酒善吟

龐良木，字繩直，居北湖。酣酒善吟，從之學詩文者甚衆，人皆稱曰『龐先生』。與葉義方敬交，葉居城中，龐嘗饋以魚，葉報以詩云：『吾愛風流龐士元，湖光千叠到柴門。緘函碧筩驚晨夢，撥剌銀鱗佐晚飧。半尺烏絲分异錦，十年青鬢隔金樽。何當閑夜聯吟去，捕蟹篝燈入水村。』龎先生後不知所之，或曰醉沉于水。又有布衣唐淡村者，名虛，居城中，詩有逸才，年三十，亦以狂疾溺死。

常延齡湖墅種菜

常延齡，字喬若，前明開平王遇春十二世孫。明末襲封懷遠侯，官南京錦衣衛指揮使，有賢行，曾疏劾馬士英。鼎革後，與夫人徐氏中山上公之愛女種菜于金陵之湖墅，後遷于江都。其裔孫執桓乞詩于詞人，秀水蔣敬持德有《開平王孫種菜歌》，一時和者數十人。

魏廓功詩境清迥

真州布衣魏廓功衛生明末，至康熙二十四年卒。隱居自得，終老布衣。詩境清迥，所著《西陴詩稿》極田園恬淡之樂，當時詩名殊未顯也。既没，洪去蕪嘉植爲之誌墓云：『處士没，儀徵乃無人。』其《咏梅》詩云『高寒喜在山』，不減孤山風味。

戴勝徵自號『石桴』

戴勝徵本休寧人，康熙中載白岳之石浮家至泰州，居于海濱，因自號『石桴』。著《石桴詩鈔》，與吴野人嘉紀友善，詩以風格相高。

湖中三逸人

葉彌廣、强惟良、阮玉鉉皆工于詩，爲『湖中三逸人』。元過嚴州七里瀨，登嚴子陵祠，有玉鉉所書扁曰『天子故人』；題句、書法皆壓倒餘子。

江庭愷醉中爲詩

江庭愷德堅，秋史侍御之從兄也。癖于酒，自朝至夕，手不去杯。醉中爲詩，清雅可誦。如《遊衡岳》云：『曲磴下黄葉，空嵒餘白雲。』不减唐人正音。

閔裕衆、汪樗亭贈答詩

江都老詩人閔裕衆廷容衰年貧病，汪樗亭以絮被贈之。有詩云：『料君一似汀洲鷺，夜夜西風足每拳。』裕衆答云：『憑君莫比汀洲鷺，猶有蘆花可蔽身。』

蔡嘉、高翔、汪士慎、朱冕爲詩畫友

蔡松原嘉、高西唐翔、汪巢林士慎、朱老匏冕爲詩畫友。西唐工八分，晚年右手廢，以左手書字奇古，爲世寶之。巢林嗜茶，老而目瞽，然爲人畫梅，或作八分書，工妙勝于未瞽時。閔廉風贈句云：『客至煮茶燒落葉，人來將米乞梅花。』老匏善苦吟，老病而窶。《瀕死》詩云：『卜葬憑親友，觀空當子孫。』又《秋夜雜感》詩云：『暖被難求通夜火，下弦猶見半邊秋。冷露無聲增涕泣，西風如割入瘡痍。』

王方魏閉門注《易》

王方魏居北湖，明吏部王觀濤納諫孫也。父玉藻，亦以名進士爲慈溪令。方魏閉門注《易》，不入城市者二十年，里中稱『大名先生』。時祖父之門生故人有通顯者以書招之，方魏答以詩云：『把釣湖濱已廿年，垂垂霜影惜華顛。昨朝磯上看新漲，只有秋潮去復還。』

瓜洲漁子救溺拒謝

順治己丑七月，瓜洲江口覆舟，溺人號救者不得，以囊金爲酬。有漁子操小艇破浪出之，負還家。酬以金，笑謝而去；問以姓名，亦不答。

王薑園作《感懷》詩

王薑園祚，江都老詩人，家貧卧江洲，寄食韓氏。作《感懷》詩云：『他年莫問要離冢，故國他鄉少墓田。』又云：『眉齊案上書三尺，膝繞庭前鶴一雙。』

喬疑庵吟詩自娱

喬疑庵去塵所居名『留雲堂』，自號『留雲子』。年七十六，詩格益健。獨宿小閣，日夜以吟詩自娱。一夕患脅冷，爇麥麸自熨，忽火燃其中，半榻赫然。呼僕掖出火中，體膚無恙。王樓村式丹以爲天佑詩老，不偶然也。

張元貞有古人風

張元貞，字仲醇，號畏庵。書法兼『二米』『二王』之妙，工爲詩，善古文詞。爲望江學廣文，與諸生講貫經史、實學制行，有古人風。

文命時畫蘭

文命時二訓居北湖之堰橋，畫蘭風格，自成一派，用秃筆焦墨，任縱横爲之。傳其子秋翎九皋，秋翎傳之外甥焦仁亭潤，仁亭之後失其傳矣。品格高妙，實出他手之上。文氏尤工畫石，《畫徵録》所言「未深知命時」者也。

施原性畫驢、閻世求畫荷

北湖施原性好驢，晚年乃專于畫驢。其家養驢十餘頭，無事則騎之。賓客至，必延之騎驢；即不能者，亦强之騎。以爲恭敬，非爲笑樂也。邵伯閻世求，字非凡，專于畫荷。自三月迄十月，每日臨池上，體會其神狀，作一花必終日乃成。湔染鈎勒，務極細緻。晚年潑墨，頃刻可成千百枝。有詩云：「花前渴飲倩人扶，醉把芙蕖潑墨圖。十日一山王宰畫，衰年那得此工夫。」

管希寧畫梅

管希寧，字幼明，號平原。工畫，于梅花尤擅長。嘗爲墨梅，以胭脂點其蒂，風格雋妙，然不輕易得。管舊居甘泉之西山，自號「金牛山人」。

團鶴篘作詩易米

團鶴篘昇晚年目盲，惟日午時就窗作詩文易米，字大如胡桃，得者珍之。

董偉業『竹板打竹枝』

董耻夫偉業，一字愛江，江都人。狂簡自喜，嫉時俗之薄，作《揚州竹枝詞》九十九首，鄭板橋爲之叙。時江都令某耳其名，欲一見，不可得，强致之。愛江則衣短衫，不言而便溺，令深銜之。適新商賫宦交結官吏者，訴之，竟遭笞。笞時，令謂之曰：『耻夫遭耻辱。』董仰視笑曰：『竹板打竹枝。』時人傳之，令亦愧悔。

李岐工吟咏

李岐，字鳴山，號參竺。性游俠，以拳勇名，淮海推爲第一。然其狀類儒者，亦工吟咏，有《卧病》詩云：『窗破有聲疑出鬼，燈殘無影欲拋人。』

田登《埋照集》、潘問奇《拜鵑集》

田梅岑登嘗從祖將軍征吴逆，歸卧廣陵。時錢塘潘雪帆問奇亦貧，寓天寧寺中，傅育庵太守分俸爲之置田。田有《埋照集》，潘有《拜鵑集》，傅亦並爲之刻。繆澧南司寇有詩云：『白髮半肩埋照客，青山幾處拜鵑身。買田江岸能娱老，争羡清時兩逸民。』

吴藺次晚年號『聽翁』

吴藺次晚年兩目失明，號『聽翁』。吴一山舍人楷詩云：『聽翁聽翁以盲老。』後方青來以金鍼治之，盲遂愈。

朱重慶時稱『東城狂士』

東鄉大橋少東二十里曰浦頭，甘泉朱抱經重慶母墓在其東里許。旁構草堂，周以槿籬，導水爲池，池上有假山，有複閣，花竹掩映，名曰『莪園』。抱經性疏放，時稱爲『東城狂士』。善詩古文，與鄞縣全吉士謝山祖望交最深。謝山寓揚，病危急，主抱經家，參苓之資，抱經竭力爲之，不愧良友。妻李氏，名素貞，工詩，善楷書。抱經應京兆試，李寄以詩，有『閑拋籬落黄花瘦，枉逐風塵白髮生』之句，都下盛傳之。死亦葬莪園之側。

方士庶作畫題詩

方洵遠士庶，號小師道人。從黄尊古學畫山水，後臻精詣，迨有過之。其得意之作皆鈐『偶然拾得』四字小墨印。嘗作《秋夜盼家書不至》詩云：『坐久月當户，露凉侵鬢絲。江湖新雁少，遊子達書遲。拂簟不成夢，倚闌無限思。螢光忽明滅，已近授衣時。』内府《石渠寶笈》士庶畫山水册第五頁，曾題此詩入『竹林曲榭，梧桐秋月』幅中。又第九頁畫『風亭野彴，村屋喬松』，題云：『結茅衆峰裏，寒泉傍枕流。幽花開野館，病葉下新秋。客至風生竹，窗虚月滿甌。東籬微雨後，策杖且凝眸。』

黄燕思喜硯好遊

江都黄燕思又有硯癖，自號硯旅。好遊，畫《蜀道》《度嶺》《出塞》三圖，天下名公巨卿皆題咏之。足跡幾遍海内，時以未至滇南爲歉。既得大理府趙州牧，大喜赴任，遂卒于官。

薛月峰以詩傳家

如皋薛月峰明經以詩名邑中，于白蒲東偏構枕山園，園中有浣香亭、虹飲橋，曲沼清池，環以虎落，嘯咏其中，杜門不出。子名顯祖，字南齡，亦以詩傳其家學。時姜退耕太史任修居西河，詩宗盛唐，務爲瑰瑋之詞，布衣范越山捷爲清幽瘦澀之音，兩家犄角不相入。南齡兼之，故與兩家相倡和最多。越山有夕佳亭，爲友朋吟咏之地。南齡《雪中望夕佳亭》詩云：「故人在何處？積雪擁柴門。溪鴉眠應穩，畦蔬凍不分。雲迷籬落暗，風起竹林紛。欲探梅花信，孤山障莫雲。」

沙盱江撰《滇南解餉記》

沙盱江鼎家素封，有别墅，饒花樹、亭橋之勝。客來投刺，必留與倡和。後官建昌别駕，解餉滇南。自撰《滇南解餉記》，言吴、楚、黔、滇山川風俗之异。既至滇，石大中丞重之，款留甚洽。盱江獻詩云：「滇南開府輯夷華，臺閣嵯峨映彩霞。玉畢碧流仙掌露，綺筵紅對佛桑花。温文幸與春風接，鎮静寧容小吏嘩。回首邗江千萬里，此身還愧後栖雅。」

殷桐高賦《石鼓》詩

高郵殷桐高嶧少以駢體擅場，而于詩尤工。爲田山薑先生所賞。貢入成均，賦《石鼓》詩七古百二十韵，一時稱之。省試屢屈，再中副車，作詩自悼，有『鴻溝劃斷飛難越，鯉尾燒殘化未全。姓氏一般書澹墨，頭銜兩次號明經』之句。後謁選得太原令，罷官歸卒。

王五輯自負不羈

王五輯居邵伯埭，自負不羈，視一第蔑如也。性喜揮攫，千金資輕若敝屣。晚年貧乏日侵，以爲天下人皆輕財好施，一與己等。及不應，乃致酒酣駡坐，嫉富若讎。獨與遊蕩少年輩爲伍，莫不誼勝金蘭，以不知姓字爲耻，人亦以此稱風雅焉。敝廬不足以蔽風雨，而圖書之富，尚掩几案間。病没，謝鍾山與同人殯之。

林得齋選四家詩鈔

甘泉林得齋先生文璉，元之曾外祖也，深史學，長于詩古文。嘗手選王維、孟浩然、高適、岑參四家詩鈔，元母林夫人傳之以授元。元幼年學詩，實自此集始，而材力終淺近，爲可愧也。元外祖梅溪先生廷和，癸酉舉人，知大田縣。廉潔愛民，鬻私産以助官用，好學工詩。曾憶集中有《毗陵夜行》詩云：『吴程款乃行須慮，越調凄清聽最能。』自注云：『「須慮」，舟名，見《杜集》；「最能」，舟子，見《越絶書》。』亦可見儷事之博。

查士標爲吕祖壇書額

查二瞻士標嘗居北鄉吕祖壇，壇去城三十餘里，有老柏修篁，清溪遶之，二瞻書『偶落人間』四字額。後甘泉張丹厓鎧潛修于此。丹厓，老諸生也，生平愛静，不娶室，居壇中，與一叟相依。未幾，嫌叟有俗氣，驅之，並去溪上之橋而孤處其中。

葉英善柳敬亭之技

葉英，號霜林，江都老諸生也。善柳敬亭之技，然性情孤傲，不易得而聞也。富貴人有慕其技者，請之，每遭其詬辱。生平與桃花庵僧石莊交最密，僧善吹洞簫，相約互示以技。簫甫畢，適鹺賈數人至，霜林素疾之者也，亟避去。未幾，石莊死，自恨前約未踐，至僧棺前，竭盡精力演説其技，感慨淋漓，聞者泣下。乾隆戊午偶病卧，忽朗吟云：『碧桃紅杏人何在？白石清泉任我行。』語畢而絶。

王阮亭評程友聲

王阮亭《帶經堂詩話》云：『門人程友聲鳴畫既超詣，詩復雋逸拔俗。』竹垞曾集成語贈之云：『吐詞合風騷，愛畫入骨髓。』又每稱其詩爲畫所掩，良然。又云：『新安畫派多以漸江爲宗，門人程友聲獨遠宗董、巨，嘗爲余作《夫于亭圖》及「緑楊城郭是揚州」之句，皆得古人六法、三昧。』予藏其爲漁洋畫小照『煮泉圖』一幅。

徐心仲棄試購算書

徐心仲復，江都諸生也。本農家子，讀書城西僧寺中，爲僧供灑掃之役，以易口食，遂從事于經典考證之學。元乙卯九月過里門，相見于紅橋舟中，以詩贈余，丁巳遂病歿。聞其甲寅在省秋試，同邸友人黃春谷承吉詰以九章算法，心仲不能答。明日入場，忽投白卷出，急趨市肆，購算書歸。學習年餘，然後就春谷答之。嘉定錢竹汀先生嘗言：『學西法者，畏弧三角之難，蓋八線交錯于大圜之中，其理頗不易解也。』心仲于弧三角、正弧、垂弧、次形矢較諸法皆能明其底藴，使永其年，所得正未可量耳。

李涫詩清麗可味

余在山東見新城王文簡公家所藏扇册，内有廣陵李涫書《雲間旅次送友人之武林》一詩云：『谷水蘭橈黯别離，烏衣才藻渡江時。相逢客館尋尊酒，到處騷壇豎羽旗。潮射錢唐天外闊，湖分西子鏡中移。好期行色秋風壯，過我瓊臺聽竹枝。』詩爲文簡所藏，其人自非碌碌者，且詩亦清麗可味。乃訪諸里中故老，絶無知者，則名人而湮没不彰，豈少也哉？

許葭水著《雪吟》

高郵許葭水植，順治時詩人，著有《雪吟》，甚爲當時名公所賞。李格非賁當效其體，而原詩湮没不可見。

高凡夫《贈嚴希聖》詩叙

高凡夫卓《贈嚴希聖》詩叙云：『希聖，廣陵畫師，與舍下近别十年矣。忽于京師報恩寺中遇之，挈一幼兒，手持粉墨求售，傴僂萬狀。憐其貧老，周之而係以詩。』

宋介三以古文名

宋介三和，原歙縣人，居江都，以古文名。嘗見其所撰《張滌園傳》及《墓志銘》《裔烈娥傳》《程若庵集叙》數篇，筆力不讓熙甫、遵巖，惜未見全集。近且鮮有知其姓字者矣。偶得其《燕子磯》一首云：『石壁飛湍倚釣磯，晴江一鳥破烟歸。飢驅莫畏秋風動，澤國今年蟹稻肥。』

方元鹿暮年詩愈工

儀徵方竹樓元鹿情性澹逸，工詩善畫，其筆高遠。暮年境愈窘，詩愈工。嘗于林庾泉《隨筆録》中見其七言句云：『潛鱗出水戲空影，野鳥隔林啼好音。』『塔影曉迷烟樹重，書聲晚和寺鐘清。』『嚮遏晚雲風有怨，吹殘旅思夢無情。』『客至饌分菱芡美，坐來風遞橘橙香。』『露浥車篷高士笠，雲梳山額美人妝。』『隨意登山尋藥去，不時引水灌花來。』

卷五

趙執信《銅鼓歌》

揚人多爲《銅鼓歌》，明《劉顯傳》載諸葛銅鼓事。鼓爲王勤中所藏，趙秋谷詩盛傳于時，題曰『諸葛銅鼓』。獨汪蛟門主伏波而不言諸葛。蛟門爲漁洋門下士，秋谷始爲漁洋所稱引，繼乃反攻漁洋，並及蛟門《浯溪碑詩事》，抵之于地，自爲《談龍録》，云『蛟門傚吾《諸葛銅鼓》詩作歌』云云。其實秋谷《諸葛銅鼓歌》，集中不載。乾隆丁未，曲阜桂未谷馥從顔運生崇椝家録出，洋洋四十韵，詡詡不已，蓋秋谷手書以貽顔考功光敏者。秋谷序馮大木舍人詩云：『此詩因經阮翁所賞，故反弃之。』元謂此説不然。考銅鼓本造于黔粤猺獞部落，蓋猺獞之富者造此鼓，遇警則敲，以聚種類耳。伏波想亦得之于征蠻時，非自造也。事詳載《隋書》。秋谷不讀書，空疏多舛，故暮年自訂詩集時删之不載，蓋自知其舛，懼有反稽之者。蛟門主伏波而不言諸葛，此其考證精核，宜爲秋谷所妒矣秋谷曾竊取閻百詩語寓書漁洋，以攻《三昧集》。然百詩之學，秋谷豈能窺其崖岸哉？今附秋谷詩于後。

銅鼓歌

趙執信

黃門之家藏銅鼓，傳自諸葛征南方。形質猶存古初意，膚理自發青碧光。斑駁有似對彝鼎，負虛真類懸橐囊。側列八卦斷續起，細看花鳥參差翔。蟾蜍水獸各殊狀，爪牙尾鬣森然張。繩穿四耳標木擊，大聲水面聞彭彭。當時龍起南陽卧，震動天地如子房。三分籌策指顧定，手揮漢日提天綱。益州割據非得已，偏安兩立無時忘。託孤以後蠻獠亂，當車奮臂多螳螂。渡瀘五月冒烟瘴，禽縱無异驅群羊。天威遂使南人服，不毛之地通梯航。爾日鑄此何處用？輸銅鼓冶煩工商。將謂鉦鼓變新制，軍聲直挾風與霜。或是异域五金利，銷兵鑄器追秦皇。不然功成用作樂，琴瑟鐘磬同鏗鏘。抑將永留鎮反側，聞聲惕息懷天王。前人有作各深遠，後世耳目徒荒唐。如何神物不自愛，甘被弃置居蠻荒。淫祠祭賽時考擊，椎牛置酒爲歡慶。酋長收藏三四面，即得竟内稱豪强。術士附會爲詭説，鼓一失去蠻當亡。晋唐以來二千載，沉埋銷毀誰能防？此面獨完入都市，市人争得知其詳。度計尺寸較厚薄，銅斤論價猶嫌昂。黃門好古適相值，萬錢買得什襲藏。一時巨手製篇咏，高調與鼓争煌煌。我讀韓蘇石鼓詩，推原周代蒐岐陽。中興耆耆天所與，從臣才藝人之良。卧龍借使生此際，仲甫召虎難抗行。炎德已燼時不造，流星遂墜天西芒。遺物空存有此鼓，遭時亦晚堪悲傷。昌黎眉山久淪喪，眼前作者誰頡頏？陋儒託借成口實，六丁何不下取將？應爲近人去古遠，舉動往往隨顛僵。腥銅澀鐵皆競進，大器視若揚秕糠。留此時時發聲響，驚豁眯目開痴腸。吁嗟黄門好秘惜，無以得意輕播揚。至寶已爲人所識，恐有耳食思奪攘。天晴日皎我輩至，請君始出陳高堂。

顧書宣太史于秋谷爲館中後輩，其作《銅鼓歌》雖從秋谷誤稱爲諸葛物，而詩叙辨證極爲精審。言《嶠南瑣記》伏波將軍鑄銅鼓深三尺許，面徑三尺五寸，旁圍漸縮如腰形，復微展稍弇其口，如竹焙篝，與王君所藏正合。此鼓應屬文淵，不應屬諸葛。考《援傳》，援善别名馬，得越駱銅鼓，鑄爲馬式，則文淵方銷鼓爲馬式，其未嘗鑄鼓明矣。注云：狸獠銅鼓面闊丈餘，又甚與此不類。《嶠南瑣記》之冒以伏波，亦非也。

浣紗女祠在真州

浣紗女祠在真州西門外。按《吴越春秋》當在溧陽，而《郡志》力辨其非。又《太白貞義女碑銘》謂爲史氏女，志稱馮氏，未知所據。張世進詩云：『人間誰不欽貞義？豈獨憑依瀨水潯。』善爲調停。

顧書宣辨『垞』爲『宅』

『垞』字多讀作『茶』，顧書宣辨其爲『宅』字，詩云：『歃湖北垞舊山莊。』注云：『垞』即『宅』

字，俗音『茶』，非。近汪容甫中亦呼朱檢討彝尊爲『竹宅』。

陶開虞《説杜》

通州陶開虞，字爾禪，著有《説杜》一卷。言杜詩興會所及，往往在有心無心間。往者一切强符深揣，即夢中嘆息，病裏呻吟，必曰關係朝政，反令少陵鄰于險薄，不可不置辨也。又爲《回文詩》一卷，《擬樂府》一卷。

汪堯峰《讀宋詩絶句》

汪堯峰琬《讀宋詩絶句》云：『唱得吴歈迴不同，石湖别自擅宗風。楊尤果與齊名否？如此論量恐未公。』申笏山副憲甫以爲非至論也，亦爲詩云：『平生我亦愛清新，但覺千秋有定評。楊陸同時皆敵手，文章何處著鄉情。』

喬劍溪《詩説》

寶應喬劍溪億有《詩説》二卷，自《三百篇》以至元、明，多所辨論。生平最講唐音，于唐人叙説尤悉。謂唐人撰淮蔡事者三家，當以劉詩爲弟一，柳雅次之，韓碑爲下。又得東坡詩草稿墨迹，于塗抹改訂處，悟得古人精義。

朱直方《杜詩識小》

劍溪弟子朱直方宗大作《杜詩識小》一卷，辨少陵詩甚有心得。如《早行詩》『碧藻非不茂』四句，王阮亭以『碧藻』句語勢未完，下句竟接，不倫。直方辨之云：『此言「水草」雖佳，終日馳驅，何由賞玩？因嘆干戈未靖，聊于奔迫中一開其情，實無暇也。』又解高蜀州『愧爾東西南北人』，高自謂以有愧于杜之高卧東山也，或謂羈絆一官，不如遨遊四方之爲樂，與上文『老風塵』之句矛盾。

閔義行藏銅尺

江都閔義行博雅好古，藏銅尺，文云：『慮傂銅尺，建初六年八月十五日造。』朱碧綉錯，爲賞鑒家所玩，閔以贈曲阜孔東塘民部。顧書宣有《銅尺歌》，今存于衍聖公府。元甲寅在山左試曲阜四氏學，嘗借置案頭。以今工部營造尺準之，廣七分，厚四分弱。試畢，復還入聖府。詳見《山左金石志》。

宮恕堂作詩多考證

宫恕堂太史友鹿作詩多有考證，其《龍游徐偃王廟》云：『子長生未晚，文獻有所授。世家編田齊，猶有宰我陋。』謂《齊世家》誤以『子我』爲『宰我』也。又《題蘇武南歸圖》云：『細弱曾留北海濱，獨令南客伴君行。丹青解畫栘中監，寂寞無人説馬宏。』『雁飛羝乳竟難留，漢使人人是拔尤。常惠無名麟閣上，也看投袂取封侯。』按《前漢書》，漢使不降者蘇武、馬宏等，後畫像麟閣上，止有蘇武一人。又，武歸，拜典屬國，常惠拜中郎將。惠後至右將軍，封列侯，而蘇武不及也。太史考核之詳如此。又《謝友人送通印子魚》詩云：『古來亦有蟛蜞誤，通印須君作鄭箋。』自注云：『王彦輔《麈史》作「通應」，謂其地有通應廟；今以此詢土人，無復知者。半山、子瞻皆作「通印」。今子魚隨處都有，獨其出迎仙橋者味美而頷有紅斑，意者「通印」之名，于此有取乎？』

楊誠齋、程蒿亭詩論秦檜

楊誠齋《題秦檜墓》詩自注云：『初節似蘇子卿而晚謬。』程蒿亭式莊以詩辨之云：『綉坡芳草上鞣青，磽确猶餘野火腥。休把奸雄方屬國，樵蘇唱過牧牛亭。』

護國寺建於南唐

湖西護國寺，《寶應志》云『唐保泰十二年建』，蓋誤以南唐元宗改元保大爲唐保泰也。朱燕堂經詩云：『白馬湖西舊荒寺，人云創建本唐賜。殘碑斷碣如雲烟，無從更識南唐字。』

朱眉庵叙《酴醾》詩

朱眉庵洵有《酴醾》詩，其叙云：『酴醾詩倡于宋賢，頗得佳句。如云高架長條、千枝萬蕊、釀酒枕囊，形容極致矣。今見所稱酴醾，僅高三四尺，老枝易枯，新芽叢發，絶無香氣，且多芒刺，豈真酴醾耶？却未見《木香》詩。余以爲木香即酴醾，而木香特俗名；今所稱酴醾，乃野酴醾耳。』

趙松雪《鵲華秋色圖》

趙松雪《鵲華秋色圖》爲弁陽老人周公謹所作，公謹本濟南人，後入浙，屬松雪作圖以寄鄉思。同時張伯雨亦爲作圖，並繫以詩。元纂修内府書畫時，曾見松雪真蹟；又于張伯雨自書詩册中，見伯雨手書真蹟，實與卞永譽《書畫彙考》所載無异。繼又購得董思翁臨趙文敏《鵲華秋色圖》挂幅癸卯年作，蓋松雪圖曾在思翁處，其臨摹當不止一本也。元督學山左，駐濟南二年，每侍家君出遊二山間，單椒秀澤，甲于海右。又題濟南匯波樓額曰『鵲華秋色』，用松雪圖名也。及至浙，是幅常懸座右矣。馬秋玉徵君家亦藏思翁臨松雪《鵲華秋色圖》，一時朋輩皆有詩。又方環山士庶、汪南鳴皆曾臨香光圖。馬徵君題句云：『容臺別寫鵲華圖，三趙同參意致殊。他日煩君重點筆，車渠論百肯應無。』自注云：余家有思翁《鵲華秋色》長幅，其自題云：『兼採三趙筆意爲此。』馬氏此幅，今不知歸何許矣。

程夢星《銀槎》詩序

程午橋太史夢星《銀槎》詩序云：『元朱碧山銀槎杯爲虞、揭二學士酬酢之物，舊藏國朝北平孫少宰退谷研山齋中，見秀水朱檢討竹垞、嘉興李徵士武曾詩；後歸萊陽宋觀察荔裳，宣城施侍讀愚山、嘉善曹學士顧庵及觀察皆有詩；最後歸平湖高詹事江村。詹事因取前詩並己作，聚而刻之檀匣四旁，備篆、隸、行、楷諸體，洵飲器中佳製也。新城王尚書《居易録》銀槎有二，少宰、觀察各藏其一。少宰者，腹有絶句；觀察者，腹銘「至正壬寅年吴門朱華玉甫製」。今此槎絶句宛然，與少宰所藏者合。案觀察詩云，背鏤「至正乙酉」字，此槎旁鐫「至正乙酉」造，又與觀察所藏者合。而檢討詩云「可憐雙觶今成鰥」，徵士詩亦云「往時作雙今不偶」，蓋本有二槎，先已失去其一，少宰、觀察所藏固是一槎。王尚書所云與觀察詩年代不合，未知何據？馬子嶰谷博雅嗜古，近購得于吴門，此槎可謂得所歸矣。因共作詩，以賀其遭云。」

曲江濤在廣陵

江都江辰六闓以『曲江濤』榜其齋閣。觀枚乘《七發》，曲江之在廣陵甚明，辰六未誤也。自朱竹垞以爲浙之錢塘江，學者嗜其新奇而從之。汪明經容夫中有《廣陵曲江證》，辨竹垞之誤。近日海寧老經生俞思謙舉《論衡》《初學記》，以證曲江濤之在廣陵，引據更爲精確。思謙居海寧，當浙潮最盛處，乃力反竹垞之説，歸此于吾鄉，無安石爭墩之習，賢于竹垞遠矣！

廣陵曲江考　　俞思謙

思謙按，王充《論衡》云：『丹徒大江無濤，廣陵曲江有濤，文人賦之。大江浩洋，曲江有濤，竟以隘狹也。』徐堅《初學記》云：『《七發》觀濤于廣陵之曲江，今揚州也。又始興郡有曲江，今韶州也。司馬相如賦「臨曲江之隑州」，此長安也，以其水曲折甚類廣陵之江。』李頎詩云『揚州郭裏見潮生』。李紳《入揚州郭》詩序云：『潮水舊通揚州郭内，大歷以後，潮信不通矣。』蔡寬夫《詩話》云：『潤州大江本與今揚子橋爲對干，瓜州乃江中一洲耳，故潮水悉通揚州城中。今瓜州與揚子橋相連，距江三十里，不但潮水不至揚州，亦不至揚子橋矣。』據此諸説，則唐以前廣陵自有曲江，當在今瓜州之北，而曲江自有其濤，唐以後漸爲沙所漲没。江之不存，濤于何有？《元和志》云『江都縣大江南對丹徒之京口，舊闊四十餘里，今闊十八里』是也。但曲江漲没雖在唐時，而江潮之微，則自南北朝已然。故酈道元注《水經》，以枚乘所言繫諸漸江篇内，而于岷江條下語不濤，蓋據當時所聞，偶未深考耳。後人泥于酈注，遂以廣陵之濤移諸錢唐。國初毛氏奇齡、朱氏彝尊、閻氏若璩皆然，蓋亦未思及川流改易、今古殊觀也。至伍子之山、胥母之場皆在今蘇州境内，文人興到，推廣言之，不必泥也。

廣陵曲江證

汪中

枚乘《七發》：『將以八月之望，與諸侯遠方交游兄弟，並往觀濤乎廣陵之曲江。』廣陵，漢縣，今爲甘泉及天長之南竟。江，北江也。

本篇李善注引山謙之《南徐州記》：『京江，《禹貢》北江，春秋分朔，輒有大濤至江，乘北激赤岸，尤更迅猛。』《南齊書·地理志》：『南兖州廣陵郡土甚平曠，刺史每以秋月多出海陵觀濤，與京口對岸，江之壯闊處也。』二文並明覈可據。本篇『淩赤岸，篲扶桑』，李善因『扶桑』之文，並赤岸疑在遠方。然郭璞《江賦》『鼓洪濤于赤岸，淪餘波于柴桑』，正承用《七發》文，則《七發》『扶桑』當作『柴桑』，字之誤也。今潮猶至湖口之小孤山而回，目驗可知。《江賦》

注：『赤岸在廣陵輿縣。』《寰宇記》：『赤岸山在六合東三十里，高十二丈，周四里，土色皆赤，因名。』顧祖禹《方輿紀要》引《南兖州記》『潮水自海門入，衝激六七百里，至此其勢始衰』；郭璞《江賦》所謂『鼓洪濤于赤岸』也。今按，此山府縣志所載、土俗所稱，均無异議，故曲江之爲北江，非孤證矣。往者吾鄉江[一]閶辰六以『廣陵濤』榜其齋閣，秀水朱檢討與書争之，以爲《七發》所云在錢唐，其言實謬。檢討所據者，本篇『弭節伍子之山，通歷骨母之場』，依注以『骨母』爲『胥母』之訛，而不言二地所在；又節酈氏《水經》『漸江篇注』以爲證，不知越之北竟至今之石門浙江，非吴地，故《越語》：『句踐之地，北至禦兒。』韋昭注：『今嘉興語兒鄉也。』《吴語》：大夫種謀伐吴，曰：『吾用禦兒臨之。』韋昭注『禦兒，越北鄙，在今嘉興』是也。《爾雅·釋地》：『吴越之間有具區。』其言審矣。于時戰地並在今蘇州、嘉興二府之竟，故《春秋·定公十四年》：『於越敗吴于檇李。』杜預注：『吴郡嘉興縣南醉李城。』《傳》：『吴伐越，越子句踐禦之，陳于檇李。』又：『闔廬還，卒于陘，去檇李七里。』哀公元年《傳》：『吴王夫差敗越于夫椒。』注：『吴郡吴縣西南太湖中椒山。』《越語》：『句踐即位三年，興師伐吴，戰于五湖，不勝。』是也。吴、越交兵凡三十二年，内、外《傳》所謂『江』，並吴江也。故《春秋傳》：

[一]江，嘉慶刻本作『越』字。

『哀十七年，越子伐吳，吳子禦之笠澤，夾水而陳。』《吳語》：『越王句踐乃率中軍溯江以襲吳，入其郛。』韋昭注：『江，吳江也。』又：『吳王起師于江北，越王軍于江南。』韋昭注『江，松江，去吳五十里』是也。吳殺子胥，投其尸于江，亦吳江也。《七發》注引《史記》：『吳王殺子胥，投之于江。吳人立祠于江上，因名胥母山。』《史記·伍子胥列傳》：『吳王取子胥，盛尸以鴟夷革，浮之江中。吳人憐之，爲立祠于江上。』張晏曰：『胥山在太湖邊，去江不遠百里，故云江上。』《正義》引《吳地記》曰：『越軍于蘇州東南三十里，又向下三里，臨江北岸立壇，殺白馬祭子胥，杯動，酒乾盡。後立廟于此江上。』《吳太伯世家·正義》引《吳俗傳》：『子胥亡後，越從松江北開渠至横山東北，築城伐吳。子胥乃與越軍夢，令從東南入破吳。越王即移向三江口岸，立壇殺白馬祭子胥，杯動，酒乾盡。越乃開渠，子胥作濤，蕩羅城東開，入滅吳，至今號曰「示浦」，門曰「鱛鮃」』是也。吳投子胥之尸，豈有舍其本國南竟五十里之吳江，乃入鄰國三百餘里投之浙江哉？然則伍子之山、胥母之場，固與浙江無涉，不得引以爲證。《吳越春秋》：『句踐殺大夫種，葬于國之西山。一年，伍子胥從海上穿山脅而持種去，與之俱浮于海，故前潮水揚波者子胥，後重水者大夫種也。』其言固誕，然但言海潮而不言浙江也。《論衡·書虛篇》：『吳王殺子胥，投之江；子胥恚恨，驅水爲濤，以溺殺人。今時會稽、丹徒大江、錢唐浙江皆立子胥之廟，蓋欲慰其恨心、止其怒濤也。』二江並祭子胥，乃在東漢之世。《水經·淮水篇》注引應劭

《風俗記》：『江都縣有江水祠，俗謂之伍相廟也。子胥但配食爾，歲三祭，與五岳同。』子胥之配食大江，是惟命祀。《漸江篇》注據《吴越春秋》以《七發》所云專屬之浙江，則誤矣。檢討又云：『曾鞏序《鑑湖圖》有所謂廣陵斗門者，在今山陰縣西六十里，去浙江不遠。』今以其地準之，實在浙江之東，自吴至浙，不經其地。且係堰閘小名，何取于是，而以之冠曲江之上哉？是時吴王濞都廣陵，北江在國門之外，故强太子往觀之。若逾越江湖千二百里以至浙江，則病未能也。檢討又云：『江都之更名廣陵，在元狩三年，時乘已卒，不應先見之于文。』則尤謬。《史記·五宗世家》：『江都王建自殺，國除，地入于漢，爲廣陵郡。』據《漢書·諸侯王表》《地理志》，並在元狩二年，其時所更名者，廣陵郡也。而廣陵郡自有廣陵縣，爲郡治，爲吴、江都、廣陵三國都。其名則在楚、在秦、在荆、在吴、在江都皆有之。故《史記·六國表》『楚懷王十年城廣陵』；《項羽本紀》『廣陵人召平于是爲陳王徇廣陵』；《樊酈滕灌列傳》灌嬰『度淮，盡降其城邑，至廣陵』；《吴王濞列傳》『孝景前三年正月甲子初起兵于廣陵』，不得謂元狩三年之前無廣陵之名也。漢所置郡國，若弘農、陳留、平原、千乘、丹陽、桂陽、零陵、武都、安定、朔方皆取縣名名郡；廣平、真定、信都、廣陽、高密皆取縣名名國。此例甚多，故江都之爲國，廣陵之爲郡、爲國，皆以縣也。檢討不根持論，雖越俗好鬼，錢唐、廣陵侯之淫祀，舉子所業，元人錢惟善之試卷皆備舉之，而于經史正文反屏而不觀，及一引《漢書》，而其謬若是，亦後學之大戒已。至廣陵城，本在蜀岡上，邗溝環其東南，江即在其外，故《水經·淮水篇》注云：『昔吴將伐齊，自廣陵城東南築邗城，城下掘深溝，謂之韓江，亦曰邗溟溝。』今自廣陵驛而北，爲舊城之市河，北至堡城，折而東，至黄金壩，會于運河，是其故址。自此入淮，一名中瀆水，故云『中瀆水首受江于廣陵郡之江都縣，縣城臨江』是也。晋以後江益徙而南，故《沔水篇》注云『毗陵縣丹徒北二百步有故城，舊去江三里。岸稍毁，遂至城下。城北有揚州刺史劉繇墓，淪于江』是也。今揚州城外運河，唐王播所開，事見《播傳》。其時江猶至于揚子橋，而東關以外，在漢則江滸也。然則城東小水之稱廣陵濤，固非無據也。凡檢討所云，惟《水經注》承酈氏之誤，其餘無一是者。恐後人習謬而不知，故爲正之。

觀中與思謙二君《廣陵曲江考》，則曲江在揚無疑。按，《禹貢》『三江』，今揚州瓜、潤之間入海爲北江，由東壩入太湖至松江入海爲中江，由石門過錢唐至餘姚入海爲南江。元考覽二十年，參稽載籍，博問通人，復親歷江、浙兩省各縣形勢，詳加推驗意見，自爲反覆者凡數次，今可決然定之。蓋古今地勢變遷，迴然不同，未可以今疑古，爲夏蟲之語也。容甫又有《廣陵對》一篇，亦附録于此。

廣陵對

汪中

乾隆五十二年正月，中謁大興朱侍郎于錢唐，侍郎謂中曰：『余先世籍蕭山，本會稽地。今適奉使于此，嘗覽朱育對濮陽興語，熹其該洽，度後之人不能也。吾子咨于故實，而多識前言往行，亦可以廣陵之事諗余乎？」

對曰：「中幼而失怙，未更父兄之訓。長游四方，又有昏瞀之疾。故書雅記，十不窺一，何足以酬明問？抑聞不知而言不知，知而不言不忠，二者，中之所不敢出也。昔者黄帝迎日推筴，分天以爲十有二次，南斗、牽牛，是爲星紀，七政會焉。布算者于是乎託始，而後歲、月、日、時咸得其序。揚州之域，是其分野。自漢以來，或治歷陽，或治壽春，或治建業，而廣陵卒專其名，其占應之。昆侖之山，實維西極，河出其北，江出其南。自麗江至于高闕，其距八千里，萬折而東，夾廣陵以入于海，而邗溝貫之，江河于是乎合焉。于辰爲維首，于水爲歸墟，故廣陵者，天地之所以成始而成終也。竊嘗求之人事，稽其善敗之迹，比于矇誦，其庶幾乎？夫秦滅六國，楚最無罪。當陳王首事而死，楚地之衆未有所屬。其有矯命項氏，引兵渡江，以争天下，遂戰鉅鹿，西屠咸陽，則召平首建大謀，以報秦仇也。漢室傾危，董卓干紀，百城拊心，莫敢先發。其有區區郡吏，無爵于朝，而義感邦君，結盟討罪，升壇慷慨，必死爲期，則臧洪説張超起兵，糾合牧守，以誅賊臣也。祖約、蘇峻，稱兵犯闕，幼主幽厄，京師塗炭。其有固守孤壘，大誓三軍，力遏賊衝，以保東土，西師乘之，遂殄狂寇，則郗鑒董率義旅，犄角上游，以匡晋室也。桓玄負雄豪之名，藉累世之資，挾荆州之衆，乘晋道中衰，本末俱弱，易姓受命，人無异心。其有手梟逆徒，協謀京口，既克建康，偏師獨進，凶族盡夷，乘輿反正，祀晉配天，不失舊物，則劉毅舉州兵以平桓氏，光復大業也。侯景反噬，二宫在難，諸鎮不務徇君父之急，而日尋干戈，甚者望風請命，委身賊手。其有居圍城之中，無謀人軍師之責。而唱義勤王，有死無二，則祖皓、來嶷襲斬董紹先，馳檄討景，爲梁忠臣也。武氏淫虐，人倫道盡，臨朝稱制，唐祚將傾。其有控引江淮，奉辭討賊，功雖不成，其所披泄，亦足伸大義于天下，則徐敬業舉兵匡復，殺身亡宗，以酬國恩也。且夫武氏之立，勣實贊之，敬業既心在王室，又以蓋前人之愆，忠孝存焉。」

侍郎曰：「敬業不直趨洛陽，而覦金陵王氣，固忠臣與？」

中曰：「兵者，凶器。當唐全盛之時，武氏積威所劫，海内莫不聽命。敬業舉烏合之衆，起而與之抗，故欲掃定江表，厚集其力，先爲不可勝，以待敵之可勝。發謀之始，義形于色。握兵日淺，未有不臣之迹。安可逆料其心而備責之哉？春秋賢反，經禮毋測未至，推斯義也，雖與日月争光，可也。」

侍郎曰：「善。願卒聞之。」

曰：「藝祖擢自行間，典兵宿衛，受周厚恩。幸主少國疑，倒戈自立。其有前代懿親，不樂身事二姓，繕兵守竟，城孤援絶，舉族徇之。則李重進以淮南拒命，握節而死，下見世宗也。宋氏積衰，元兵南伐，勢若摧枯，列郡土崩，不降則潰。其有孤城介立，血戰經年，洎行在失守，三宮北遷，而焚詔斬使，勇氣彌厲，忠盛于張巡，守堅于墨翟，則李庭芝乘城百戰，國亡與亡也。當明季世，流寇滔天，南都草創，奸人在朝，方鎮擅命，國勢殆哉，不可爲矣！其有上匡闇主，下撫驕將，内攬群策，督師開賢禮館，士多歸之。外抗天兵，鞠躬盡力，死而後已。則史可法效命封疆，終爲社稷臣也。故以廣陵一城之地，天下無事，則煮海爲鹽，使萬民食其業。上輸少府，以寬農畝之力，及川渠所轉，百貨通焉，利盡四海。一旦有變，進則翼戴天子，立桓、文之功；退則保據州土，力圖興復。不幸天長喪亂，知勇俱困，猶復與民守之，效死勿去，以明爲人臣之義。歷十有八姓，二千餘年，而亡城降子，不出于其間。由是言之，廣陵何負于天下哉？』

侍郎曰：『卓哉言乎！昔陳郡袁氏，世有死節之臣，矜其門地，不與人伍。今聞吾子之言，天下百郡，洵無若廣陵者。後之過者，式其城焉可也。抑聞之，危事不可以爲安，死事不可以爲生，則無爲貴知矣。此數君子者，劉毅材武，故有戰功；郗公名德，雍容而已。自祖皓以下，敗亡接踵。意川土平曠，非用武之地與？其民脆弱，不可以即戎與？若其建名立義，類多守土之臣。又虞翻所謂外來之君，非其土人者也。子其有以語我？』

中曰：『蔡澤有言，人之立功，豈不期于成全邪？身與名俱全者，上也；名可法而身死者，其次也；名在僇辱而身全者，下也。必若所言，求之前代，功成名遂，抑有人焉。孫策用兵，仿佛項羽，既定江東，威震海内。舉十倍之衆，叩城請戰；陳登出奇制勝，再破其軍，由是畫江以守。吴雖西略，而北不益地尺寸，則匡琦之戰爲之也。金人乘百戰百勝之勢，挾齊南下，其鋒不可當。韓世忠要之半塗，多所俘馘。諸將用命，同時奏功。戰勝之威，民氣百倍。由是開府山陽，屹爲重鎮，而淮東久不被兵，則大儀之戰爲之也。李全聯京東以爲餌，通蒙古以爲窟，屢賊帥臣，厚索稟賜，乍服乍叛，十有六年。朝廷姑息，有似養虎。既連陷州縣，進薄三城，太清之禍，近在旦夕。趙葵建議討賊，身肩其事，輕兵迭出，所向有功。由是長鯨授首，餘寇悉平。迅掃淮壖，復爲王土。敵國寢謀，宗社再安，則新塘之戰爲之也。三者保竟却敵之功，至壯也，非地不利人不勇也。苻堅强盛，禹迹所奄，九州有其七。傾國南侵，目無晋矣。謝玄以北府之兵，選鋒陷陳，使數十萬之衆，應時崩摧，秦因以亡。由是再復洛陽，進軍臨鄴，國威中振，尊謚曰『武』，則淝水之戰爲之也。開皇始議平陳，賀若弼獻其十策，已而潜師濟江，據其要害，直抵近郊。于時建康甲士尚十餘萬人，魯達忠勇，人有死心。而弼力戰摧鋒，破其鋭卒，禽其驍將，由是陳諸軍皆潰，新林之師，鼓行而進，江左以平，則白土岡之戰爲之也。朱温雄踞大梁，并吞諸鎮，悉其精兵猛將，三道臨淮。當是時，淮南不守，錢氏、馬氏必不能自立。温之兵力極于嶺海，地廣財富，則難圖也。楊行密、朱瑾决計攻瑕，梟其上將，偏敗衆携，長驅逐北。由是保據江淮，奉唐正朔，闢土傳世，終梁之亡不能得志于吴，則清口之戰爲之也。夫晋之與秦、吴之與梁，皆非敵也，然舉一國之命，决機于兩陳之間，小則兵敗將死，大則國亡若是矣。又况南北區分垂三百年，一戰而天下合于一。以此行師，其孰能禦之？《詩》曰：「武王載旆，有虔秉鉞。如火烈烈，則莫我敢曷。」廣陵有焉。若夫异人間出，邦家之光，前之所陳，固猶未盡。爲其事之不繫于廣陵也，則請備言之。桓、靈之際，常侍擅朝，朝野切齒。劉瑜以宗室明經身侍禁闥，協心陳、竇，議誅宦官。仰觀天文，俾其速斷，謀之具違，并隕其族，而漢業亦衰。同姓之臣，與國升降，屈平之志也。王敦專制朝政，有無君之心；戴淵忠諒，盡心翼衛。及戎車犯順，石頭失守，雖逼凶威，抗辭不撓。主辱臣死，卒蒙其難。正色立朝，人莫敢過，而致難于其君，孔父之義也。武氏始以色升，浸成驕横。來濟諫之，上官儀謀廢之。納君于善，繼之以死，比干之仁也。龐勳既陷武寧，泗爲巡屬，又當長淮之衝，在所必争。辛讜出萬死不顧一生之計，冒圍求救，往反十二。是時賊兵北及泰山，南至横江，主帥既戕，官軍屢衄，而肘腋之下，一城獨完，苦身愁思，以憂社稷，申包胥之哭也。黄巢豨突京師，僭稱大號，乘輿播于遐裔，群盗蜂起，跨州連郡，唐之政令，不復行于四方。當此之時，天命去矣。王鐸連十道之兵，總九伐之任，承制封拜，以繫海内之心。王師既奮，賊遂走死，而唐祚之復延者，且三十年。二相干位，諸侯宗周，共和之政也。宋氏武功不競，西夏跳梁，宇内騷然，當宁旰食。張方平建議赦其罪而與之更始，由是元昊請臣，而中國之民得以休息。及熙寧用兵，再進苦口，謀臣不忠，遂成靈州、永樂之禍，而神宗以此飲恨而終。王者務德，而無勤民于遠，祭公謀父之諫也。故廣陵自周以前，越在荒服，其時人士未聞于上國，秦漢而下，始有可紀。然當三代盛時，忠臣烈士之行事所震耀于天壤者，先民有作，舉足以當之，此亦才之至盛已。至若政事法理，經緯乎民生；文學道藝，立言不朽；里閭耆德，孝子貞婦，一至之行，蓋以千百計。非國家之所以廢興存亡者，則皆略之。考其事迹則如彼，語其人才則如此。維桑與梓，必恭敬止，故君子尤樂道焉。夫子詳之。』

侍郎曰：『善乎！子之張廣陵也，辭富而事覈，可謂有徵矣。古者誦訓之官，掌道方志，以詔觀事，王巡狩，則夾王車。故曰：「山川能説，可以爲大夫。」吾子其選也。朱育之對，何足以當之？』中謝不敏，退而發筴，謹録爲是篇。

鹺商徐氏藏周太僕銅鬲

鹺商徐氏藏有周太僕銅鬲，華秋岳繪之爲圖，楊巳軍摹其文書之，江秋史侍御爲之釋文。先是，山陽吴玉搢、紹興俞楚江、曲阜孔廣森俱有釋文，以其文首稱周太僕，故定爲周器。近則甘泉江子屏藩合諸家釋文而考訂之，然其文甚古，未能盡釋也。元乙卯過里中，曾見之。今在程硯紅家。

左自衡《池霍二烈女祠》詩

平山堂上舊有歐陽書院，今廢，不知何在。康熙間詩人左自衡衡有《池霍二烈女祠》詩，序云：

『祠在歐陽書院之側。』詩云『白楊雙冢近司徒』，又云『平山夜半疏林外』，可約略其地矣池、霍皆貧家未嫁女，池夫戍卒，池氏自縊；霍夫病卒，父母欲奪其志，霍氏遂伏刃。里人賢之，爲建雙烈祠。

張四科藏虞秘監真蹟

張喆士四科藏有虞秘監《汝南公主誌稿》真蹟。

陸鍾輝刻成《姜白石詩詞》

南宋《姜白石詩詞》，宋板，詞調皆旁注笛色。鹽官張氏既刊復輟，松陵汪氏繼之不果。陸南圻司馬鍾輝刻成之，同時詩人有詩識事。

昊十九善陶

明浮梁人昊十九善陶，嘗作杯如卵殼。今之脱胎磁，其遺製也。汪畏齋天與有詩云：『斟酌渾忘杯有無，但見空懸掌中酒。』

汪磽巖得『玉魚壓綉』

汪磽巖得『玉魚壓綉』，一時詩人皆有歌。

江玉屏工詞博物

江玉屏立工詞博物，適市有紙綿厚數層，連叠揭之成毬，旁無端縫，人皆不能識。玉屏以爲古側理紙也，言之鶴亭方伯春，購以進呈。上喜悦，命撿康熙時内庫，曾有一幅，仁廟題詩于上。今方伯所進者，上亦製詩題之。紙本一張有半，所餘之半，尚存康山。

江松泉《岣嶁碑》詩序

江松泉昱《岣嶁碑》詩序云：『碑在岣嶁峰禹王殿側厓間，薄僅三寸，刻手甚劣。末行空處有萬曆辛巳四明管大勳跋，約三百字，亡失過半。而亡失處石膚平正，並非剥蝕。以意讀之，辭尚可曉。蓋管公述刻于石鼓書院之由，經剥蝕，後人取拓本翻刻于此，不繹跋文，遂仍其舊。中有「考」字作「致」、「吴」作「禹」、「咸」作「成」、「于」作「予」、「開」作「間」，亥豕宛然，不覺失笑。摩挲之下，明知虎賁中郎，而好古之懷，聊作如是觀耳。末參活句，閲者審之。』

朱恭亭《古雙魚銅洗歌》

寶應耕田者掘出雙魚銅洗，中有字，剥蝕不可識。朱恭亭經有《古雙魚銅洗歌》。

季滄葦藏宋板書

泰興季滄葦侍御振宜所藏宋板書及影宋鈔本書，富備甲于天下。今内府所藏岳板《五經》，有季振宜收藏小印。

夏醴谷得文待詔小楷

夏醴谷檢討之蓉于京師得文待詔楚詞小楷，作詩云：『遊絲或裊空，細筋真入骨。勁若展弩機，微乃析毛髮。』蓋待詔此卷相傳用高麗筆書之，檢討詩狀之逼肖。檢討又得《大觀帖》，寶而藏之。或借去，致失三十行，乃作詩以誌恨。

馬榮祖立碑公案側

馬力本大令榮祖爲閿鄉令，愛一碑，摹刻立公案側。後令惡而碎之。馬言于大中丞某公，札致後令，需拓此碑百本。令無所措，急求舊時拓本，復鈎勒立之。

沈荆漳名其齋曰『寶彝』

高郵沈荆漳家有商父乙酒器，因名其齋曰『寶彝』。

張世進有嘉靖雕漆盤

張世進家有嘉靖雕漆盤，形如荷葉，中刻龍舟、夫渠、水禽之屬。底有金字云：『明嘉靖年製。』五月五日，世進以盤與馬曰琯、馬曰璐、汪玉樞、厲鶚、陳章、姚世鈺、張四科聯句。

雷塘耕夫得隋宫古鏡

雷塘耕夫得古鏡一枚，銘曰『大業元年造』，蓋隋宫物也。吴梅查均作《古鏡篇》，儀徵羅履中大令興禧有《隋宫古鏡歌》。

吴梅查《賣琴歌》

梅查又有《賣琴歌》，小叙云：『琴爲宋乾道八年孝宗賜，謝安道物也。亡友洪進士達夫久珍藏之，卒後家道陵替，嗣君夢巖賣供饘粥，作詩傷之。』琴背金字銘，名『朝陽鳳』。

程洴江藏鳩硯

程洴江太史藏徐天池鳩硯，背書『可芝上人問奇瀟湘以此贈之』。余葭白元甲爲之作歌。

任大椿作《樊噲劍歌》

距興化縣城南十里許，有噲墩，相傳爲樊噲駐軍處。後穿渠得劍一，亦傳爲舞陽侯物，父老言之甚悉。任侍御大椿作《樊噲劍歌》。

武億《書吴尋陽公主墓誌銘後》

乾隆中，村農掘地得五代時楊行密女尋陽公主墓誌，云：『公主年十六，適舒州刺史彭城劉公，生男女十二人。以順義七年薨，年三十八。乾貞二年葬于江都興寧鄉袁墅村』。作誌者，閩縣丞危德興，藏羅素心大令愫家，一時咏詩者甚衆。閔蓮峰華云：『朱門開國舊英雄，粉侯領郡兼文武。』張世進云：『死葬揚州真得所，故宫免見生禾黍。假饒白髮到昇元，流涕應如永興主。』又云：『劉郎幸坦東床腹，僅著官階兼氏族。迄今禁臠竟無名，可預英雄三十六。』偃師武虚谷大令億考證精詳，今録于左。

書吴尋陽公主墓志銘後　武億

誌銘拓本爲吾友大興朱少白裝表成幅，縣之壁間者。余偶獲讀之，歷按其文，皆承五代衰薾氣格，靡然不振。然念楊氏僭號淮南，數更變亂，其事跡或存、或没，爲史家撰述所略而不道；今尚于此誌見之之故，亦不可遽弃也已。誌云：『尋陽公主，大吴太祖之令女。』下又云：『公主母，太后王氏。』《五代史·吴世家》：『行密夫人朱氏。』又『行密子渥，爲嫡嗣』，而《隆演傳》内稱渥母史氏，其他不見悉録。然則此誌王太后云者，蓋于行密之妃，又其一也。誌既言公主以順義七年七月二十六日薨，葬則以乾貞三年三月二十四日。按：順義，行密弟四子溥年號也，至七年十一月，又改元乾貞，故此誌書順義七年，而十國世家年譜不書七年，獨紀改元，史例如是，無足疑者。惟主所適劉公，歷官太僕卿、檢校尚書左僕射、舒州刺史，惜不著其名，遂失考也。劉公之先，誌云：『首匡社稷于吴朝，尋擁麾幢于江夏。』據《通鑑》及《五代史》，並言行密以劉存爲鄂岳觀察使，是存當時與行密首發難，而官又歷鄂岳，疑稱麾幢江夏者，當即其人。又主生子有六，名位皆可見。長匡時，授鎮南軍節度討擊使、撫州軍事押衙、銀青光禄大卿、檢校國子祭酒兼侍御史、上柱國；次匡業，試秘書省校書郎；次匡遠、匡禹、匡舞、嚴老，並幼而岐嶷。考二子官階所云『光禄大卿』者，案劉道原《十國紀年》，載楊行密之父名怤，怤與夫同音，是時行密據淮南，方破杜洪于鄂而有其地，故將佐爲諱之。行密之子謂建國之後改文散諸大夫爲大卿。又鄱陽浮洲寺有吴武義二年銅鐘，安國寺有順義二年鐘，皆刺史吕師造，題官稱曰『光禄大卿、檢校大保兼御史大卿』。見《容齋三筆》，並與誌同。又言『享年三十八歲，箕帚二十二春』，則主之下嫁，當在渥稱天祐三年，而歸窆于順義七年，是時溥已在金陵矣。今仍云都城江都縣者，從舊都揚州故也。字多俗體，于唐諱『民』字，猶缺畫，以見古人臨文之慎如是。危德興稱將仕郎、前福州閩縣丞，必當王氏未建國，而德興舊官于其地，故書銜以前自别與！余故備著之，使考者得以資焉。

陶季有《漢墓二鏡》詩

寶應城南二十里，田父治田，見大柩長一丈以上。其前和題『漢□□亭侯邢貞』，『亭侯』上二字闕蝕。木腐骨存，長逾今人什之三四。有殉葬鏡方圓各一，獨方者四隅少闕，光瑩如故；圓者徑二寸許，有枋。鏡之背鑄鯈魚二，一左旋，一右旋，鱗鬣宛然；旁列水藻，皆凸出。爲喬、耿二家所得。陶季有《漢墓二鏡》詩邢貞見《三國志》。

王漢恭《七夕觀牛郎織女社火》

王漢恭光魯《七夕觀牛郎織女社火》詩有云：『兒女嬉笑事增多，彩雲樓閣起嵯峨。結繒縷帛施丹繪，中有長橋回素波。嬌女兒郎儼成畫，宛如一年一會肩相摩。云是坊民賽神社，笙歌前導喧綺羅。』今廣陵七夕無此社火，觀此詩，尚見舊時風俗也。宮恕堂太史《清明》詩自注云：『鄉俗清明時采南燭草作飯。』今亦無此俗。

楊篁坻作《丁壯士戰場歌》

胡尚書既殺徐海之明年，江淮多倭。少年丁效恭憤之，一呼而截戰者十數人，所擊殺倭以數十。既而生倭大至，俱冒敵死戰，地在寶應城南漕河上，地志失載。楊篁坻景漣作《丁壯士戰場歌》。

張墅桐得靈壁石研山

張墅桐繹于市上得靈壁石研山，長三寸，壁立如黃山石筍，峰下偃一小石，嵌以沈檀。座前趺鐫三隸書曰『擬蓬壺』，傍題以『巢民老人珍藏』，背有『搏壁之翠屏小三吾鑑賞』十小字，楷法絕精。

蜀岡西開蓮塘得古井

乾隆戊午春，蜀岡西新開蓮塘，得古井，味永而甘，說者謂此即古第五泉也。程洴江太史言此特下院井耳。井有天禧錢十餘枚，又甎一方，刻『殿司』二字。

平山堂舊祀『地藏』

平山堂舊祀『地藏』，人皆呼爲『小九華山』。汪舟次楫《春郊絶句》内言之。

康熙時揚人尚高氈帽

康熙時揚人尚高氈帽，或青色，或玄色。張抑高弓詩云『高帽老翁專主席』，謂此。

寶應有漢石闕二

漢石闕二，在寶應。朱孝廉武曹彬嘗爲文記之，爲江都汪容甫所知，以錢五十千募人竊歸。其一爲孔子見老子及力士、庖厨等像，容甫榜其門曰：『好古探周禮，嗜奇竊漢碑。』其一爲寶應縣令沉之水中，今不知其處。

程香溪《布泉歌》叙

程香溪太史《布泉歌》叙云：『乾隆壬戌冬杪，西域人黑某携青緑古器來售，中有布泉千餘，云山左鄉人掘土而出者。余爲檢視，得六十四種。惟「平陽」「安陽」可辨，餘不盡識。考春秋有平陽縣，《漢書》謂之東平陽。《史記·王子侯表》：安陽侯桀、濟北貞王子。《索隱》：《表》在平原。大抵皆漢時物。諸家泉譜，布泉十品外，載异布不過十餘種，未有若斯之多者也。因購得之，作歌，以俟精于古篆者考證焉。』

李百岳《論詩絶句》

李百岳《論詩絶句》云：『唱罷西昆正始還，元豐元祐邈難攀。大觀只説歐蘇盡，精詣須知遜半山。』『吟苦休將飯顆嘲，都官雅韵叶笙匏。無端却值歐陽九，彊被牽勾作孟郊。』

江秋史收藏印

江秋史侍御德量嘗仿漢碑式作收藏印，石高二寸，碑面修三寸，闊寸餘。上仿碑頭作穿孔，刻陽文『江君之記』四字。下碑文云：『君諱德量，字量殊，江都人。太守君之長子也。舉進士，官御史。

世精古文，金石、竹素，靡不甄綜。乃于乾隆五十七年霜月之靈，刊茲嘉石，以傳億載。』自跋之云：『趙邠卿生立圓石，達者情也。而蕩陰表頌，生亦稱諱。至寶難得，性命可輕，身實殉之。墨君弟爲予摹漢碑，獲予心哉。秋史識于問津書院學海堂。』明年，侍御竟死，或以此碑爲之讖云。

江秋史酷愛古泉

秋史侍御酷愛古泉，以爲三代古文，藉以留十一于千百。時翁宜泉太史亦有斯癖，每各出所有相矜，如鬬草然。又嘗撫古布文『安陽』二字爲印，跋之云：『汝南、安陽，班固謂爲故江國，應劭謂今江亭是也。』又作小印『瑕丘公族』四字，跋云：『瑕丘公，儒林之宗師也。與吾泲陽皆嬴姓，作此以志仰止。』

汪蛟門叙吴薗次《宋金元詩選》

汪蛟門叙吴薗次《宋金元詩選》云：『余嘗論唐人詩如粟肉布絲、金犀象珠，足以利民用而濟其窮，誠不可一日無。若宋元諸作，則异脩奇錦、山海罕怪之物，味改而目新，學之者必貴家富室，無所不蓄，然後間出其奇，譬舍紈縠而衣布素，却金玉而陳陶匏，其豪侈隱然見也。倘貧窶者驟從而放效之，適形其酸寒可笑而已。』

汪蛟門選韓詩

汪蛟門嘗選韓詩，叙云：『杜甫氏自闢閫奧，莫有窮極。後有韓愈氏出，有意于甫，又不欲，遂以甫之詩爲之，更闢一境，遂自爲愈之詩而非甫之詩。古今學詩者，知甫不知愈，謂愈之非甫也。豈第非甫，且以爲甫病，是不知愈又豈知甫者哉？甫之學，鮮能傳者，傳之惟愈，不可誣也。』

卷　六

揚州二東園

揚州有二東園。一在儀徵漕臺東翼城内，宋施昌言、許元爲發運使，馬遵繼爲判官所作，曾請記于歐陽公。近時彭復齋聖基詩云：『一水緑沉芳樹静，半山青接暮天遥。』咏此東園也。一在郡城西蓮性寺之東，雍正間臨汾賀吴村君召所構，乾隆丙寅復修而廣之。地本有關帝祠及古杏二株。吴村所構園中，有醉烟亭、凝翠軒、梓潼殿、駕鶴樓、杏軒、春雨堂、雲山閣、品外第一泉、目矖臺、偶寄山房、子雲嘉蓮亭。乾隆十一年，袁耀鳳爲《東園圖》，一時賦詩者百餘人。張尚書照爲書聯云：『萬樹琪花千圃藥，一莊修竹半牀山。』蔣琴川相公溥詩云：『遥聞賀監最風流，吟遍蕪城寺寺樓。楊柳陰濃忘溽暑，夫容艷發採清秋。百城豈獨圖書富，三徑還從求仲游。我亦江南憑眺久，何當問訊到林丘。』今賀氏東園已改爲蓮花橋。乾隆甲辰南巡，又于梅花嶺構園，以在城東，亦名『東園』。

儀征東園

儀徵之東園爲山禂老人吴文塗別墅，有休閑堂、拂雲亭、澄虚閣、峽雨嬌露沁肌處、酸風庵、青曉一山樓、萬柳池。内多古木成蔭，高笴摩霄，層樹窈窕，迴接廊巖，幾十曲始見山基巘隒。方池如鑒，萬柳離披，北敞風櫺，時送鄰寺殘鐘，幽静移人情境。

喬氏別墅東園

《東園八咏》其椐堂、几山樓、西池吟社、分喜亭、心聽軒、西墅、鶴厂、漁庵，此別一東園，爲喬氏別墅。吴梅查《郡中廢圃》詩四首，一曰『存園』，家侍御豹文先生別業。古梅千樹，花時宴客其中。今荒廢，易主。一曰『東園』，喬逸齋先生別業。曹楝亭鹺使嘗寓于此。一曰『南莊』，馬秋玉別業。一曰『西疇』，方又將讀書處，又云「東園巖際」，椐木大十圍。

存園

存園去東城不數里，有竹逕、紅雨亭、梅塢、聽雨廊、玉蘭堂、桂坪、迴溪、觀稼樓、西亭、遥岑閣。

南莊

南莊在城東霍家橋之南，荒村斷岸，竹樹蒙密。其佳處又有山心室。

萬石園

萬石園，秋玉徵君常于此集飲。程洴江太史等曾分咏園中花木。今康山之石從此購之。

讓圃

讓圃在天寧門外。張漁川四科有《讓圃八咏》詩。

讓圃記　　張四科

郡北郭天寧寺側，隟地百餘畝，竹木森蔚，距城不數武，而窅然深邃，若山林間，蓋晋謝文靖公别墅也。以多銀杏，故俗有『杏園』稱。乾隆庚、辛間，馬嶰谷昆季構行庵于其中。傍有某氏廢圃，因從容余以二百千買之，而陸南圻亦助成其事，取陸、張共宅意，顔之曰讓圃。入門軒三楹，明簡庵略禪師退院所居，舊名松月，今仍之。軒後一銀杏樹，大蔽牛，下累白石爲塔，即藏簡公爪髮所。一碑，爲姚少師所作塔銘。由軒右入，有小樓。登之，樹色浮空，雲影在下，曰雲木相參樓。樓之右，蘿陰如幄，一逕出其下，曰蘿徑。徑盡得小齋，曰黄楊館。其左由步廊達樓後，土岡起伏，悉植梅花，曰梅坪。循岡而右，一古井曰遺泉。泉上有亭翼然。左右修竹數百竿，梧桐二三十株，曰碧梧修竹之間。落成之日，置酒高會，自都御史胡公而下，凡十六人，詩社之集，于斯爲盛。自是二十年來，春秋佳日，選勝探幽，多在于此。四方文人學士，知有韓江雅集者，未嘗不從遊于行庵、讓圃間，賞其地之勝，而慶余輩之獲結鄰也。乃未幾而同人凋喪殆半，前年夏，嶰谷亦歸道山。近南圻復移家金陵，惟余與半查及二三知舊，消聲匿跡于荒林老屋之中，友朋文酒之樂，非復曩日矣！夫此地隱于幽僻，賴謝公輝映前古，歷千載而始得；余輩徒以一觴一咏，流連往復于一時，無修遠之名爲之增重，而又風流雲散，今昔頓殊。吁，其亦可悲也已！不有所述，後之人其將何以考諸？爰屬嘐城周牧山作圖，而余爲之記。乾隆二十一年歲次丙子閏九月朔日，臨潼張四科識。

行庵

行庵出郭數武，中有老樹壽藤，雲日虧蔽，魚唄之聲，琅然于耳。馬氏嘗集此分咏梅花，又食筍作詩，又分咏秋花，又有《九日文讌圖》。秋玉復云：『年來故友零落，愴然于懷，賦《明月引》。』

學圃

學圃有杉槐雙蔭之居、即林樓、緑净池、帆影亭、桐花舫、碧山樓、舒嘯臺、柳簃。

吴惇園《中隱草堂十三咏》

吴惇園職方《中隱草堂十三咏》：中隱草堂、玉光樓、一曲、遯軒、伴閑亭、君子槼、三省精舍、東皋、鏡潭、過溪榭、垂釣處、迴瀾橋、白波青嶂之間。

因是庵

吴氏園林内有因是庵。

郝園

郝園爲空翠閣故址，名流每宴集于此。

程蒿亭『紅藥書莊』

程蒿亭『紅藥書莊』有葛藟齋、煨芋庵、水南草堂、藕花柴。

汪士楚榮園

汪中翰士楚家素封，所構榮園，名動京師。南北經過者，率至此留連竟晷。李樗人有『扁舟白髮閑來往，惟有當年舊夕陽』之句。

楊昭武别墅

楊昭武將軍捷别墅在黄珏橋之南二里，老樹數百株，溪橋僧寺，幽静絶俗。餘齋太守景震晚年隱居于此。

王式丹『鴻柯草堂』

王殿撰式丹僑寓邗上，題所居曰『鴻柯草堂』，晚年詩屢及之。《寓縱棹園感舊》云：『鴻柯栖未穩』；《得佳硯》詩云：『今昨紛綸掠眼過，雪泥鴻指認平柯。』

喬萊『縱棹園』

寶應喬石林太史萊闢縱棹園，製舟名『雲裝烟駕之舫』，自題一聯云：『頗有江湖趣，兼無風浪心。』自紀以詩，其表侄王修撰式丹和之。

程氏白沙翠竹江村

程氏『白沙翠竹江村』有耕烟閣、香葉山堂、見山樓、華黍齋、小山秋、東溪白雲亭、漑巖、箖箊徑、芙蓉沜、度鶴橋、因是庵、寸草亭、乳桐嶺，共十三處。江都員周南墩有《白沙翠竹江村》詩，叙云：『是村舊屬吾家别業，更歷數主。至鄭氏始增臺榭，多名流題咏。近歸香林，遂成江北名構。今者香林邀同臯齋、漁山、采庸扁舟一過。采庸亦嘗讀書其中，猶識守門老人。感今話昔，漫賦一章。』

程夢星篠園

篠園爲程午橋太史夢星所手闢，初築時，其地有竹近十畝，故名。又有《十咏》詩，序云：『園在郭西，其西南爲廿四橋，蜀岡迤邐而來。可見者棲靈、法海二寺，上下雷塘、七星塘皆在左右，因得「夕陽雙寺外，春水五塘西」二語，書爲堂聯。其十咏曰「今有堂」，取謝康樂「今成鄙夫有」句也；

曰「脩到亭」，取謝疊山句也；曰「初月沜」，荷池半規也；曰「南坡」，築土疊石，當堂南躡小橋而升也；曰「來雨閣」，竹塢之西閣也；曰「暢餘軒」，平軒三楹，用劉靈預《答竟陵王書》語也；曰「飯松庵」，堂之北也；曰「紅藥欄」，在西軒也；曰「藕麋」，荷田百頃，「麋」爲「湄」借字也；曰「桂坪」，暢餘軒桂三十樹，移自白門也。後復構「小漪南亭」，取宋主簿葉杞漪南草堂事也。』

馬氏街南書屋

馬氏街南書屋，内有小玲瓏山館、看山樓、紅藥階、透風透月兩明軒、石屋、清響閣、藤花庵、叢書樓、覓句廊、澆藥井、七峰草亭、梅寮，今揚人統稱之曰『小玲瓏山館』。在東關街臣止馬橋路南，後爲汪雪礓住宅。

馬秋玉小玲瓏山館

秋玉徵君始得太湖石，甚佳，故建山館名曰『小玲瓏』。石甚高，鄰家不便其立。弟半查止之，不欲以娱己而疏鄰也。及山館歸汪雪礓本，石始立焉。

方坦庵寓隨園

方坦庵寓揚州之隨園，汪舟次楫詩云：『廣陵秋色在隨園。』

曹顧庵等葭園賦詩

葭園在郡城中，曹顧庵學士、宋荔裳廉使、王西樵考功與舟次同集此賦詩。

李大村《漪園》詩

漪園，興化吴氏之别業，國初吴夢祥復修之。李大村國宋作《漪園》詩。

陸南圻『環溪别業』

陸南圻司馬鍾輝有『環溪别業』，在平山堂西司徒廟下。池有荷蘆，山多竹桂。張軼青世進有《環溪口號柬南圻》，云：『日著叢書餐杞菊，長閑輪與陸天隨。』

程午橋詩紀林亭

程午橋太史夢星言，深港黄氏林亭有桂二百餘株，皆百年物，有詩紀之。

馬曰琯篠園贈竹

篠園竹開花後，零落殆盡。馬嶰谷主政曰琯邀同人贈園以竹，並作小引。小師道人方士庶繪圖記其事。程太史因用劉賓客《和令狐相公贈竹》二十韻，賦詩爲謝。

鄭熙績葺休園

休園有語石、墨池、樵水、蕊棲、得月臺、金鵝書屋、繞雲廊、逸圃、一拂草亭、衛書軒、雲山閣、不波航、四香堂、玉照亭。鄭熙績葺之，又增琴嘯、枕流、花嶼、讀書床、空翠亭、含清別墅。

汪叔定詩紀巴園、許園

巴園爲張中丞舊圃，有樓三層，可望瓜、潤。許園，力臣、師六兩太史別業也。並見汪叔定詩。

漪園、仿園

魯桐門有漪園，張願良有仿園，皆詩人讌集之地。

鄭聖臣神園

鄭聖臣自題其園曰神園。

汪叔定尺居

汪叔定自題別墅曰尺居。

喬氏縱棹園

寶應喬氏縱棹園中有送老齋、洗耳亭、竹深荷净之堂。

程名世《貸圃八咏》

貸圃，柘溪喬氏別業也，去寶應五十里。圃在宅後，環圃以牆；牆東啟小扉，有亭植叢桂，名曰泰阿。由亭而東，有堂，面深池，倚修竹，曰客居所居堂。堂左有廊，界以小牆，曰跫音館。又有黄楊館、何可一日無此軒、松石間意、稼同樓、釣魚閑處。程筠榭名世嘗館于是，作《貸圃八咏》。

宫氏春雨草堂

泰州宫氏春雨草堂中有香草亭、美人之居，後廢不復存。

孫宗彝咏詩愛日園

愛日園，高郵孫虞橋銓部宗彝與夏元開、饒聖木、姚玉衡吟咏之地。銓部有詩云：『小築天然在水中，四圍都放藕花紅。亭高亭下茅能補，橋斷橋連路可通。掃地剗苔移秀石，賦詩留客賞新桐。閑情擬著忘憂賦，漫説當年林下風。』園中有瘞鶴墩，詩人多咏之。虞橋没，園遂廢。

孫同庶《樓莊》詩

虞橋孫同庶，字一鶴。有《樓莊》詩，叙云：『去湖西六十里，曰太陽溝。進溝西二里許，曰樓莊，先銓部公築也。溝之南北岸田，舊皆屬于孫氏，而莊居其中，四圍濬以深溝，方隅皆有土墩。墩上以樓覆之，土人呼爲「孫家樓莊」是也。癸未八月，信宿其上，登覽舊址，低徊不能去云』。

任大椿《澹園四咏》

任侍御大椿《澹園四咏》爲竹塢、聽桐館、月泉、雪溪。

俞十穀《適閑園》詩叙

江都俞十穀珏《適閑園》詩叙云：『城東適閑園，張子正讀書處也。園有雲灣、緑戰坡、貯香榭、此鮮广、槿梧岑、澄觀室、鏡雲閣、狎鷗波、玉集堂、飛月樓諸境，西湖何仙郎石記之，各拈絶句。陽羨陳實庵太史，赤岸王烟子、王美浮，僧鶼居，俱有和韵，顔之額。』

朱眉庵斐園與顧氏西圃

斐園，江都朱眉庵洵之别墅，竹木茂美，與顧氏西圃相接。藥欄花徑，互映周遮。中有水觀亭、中爽茆亭、蝸角山房。顧氏西圃又名安巢。

汪磽巖水香村墅

儀徵汪磽巖堂水香村墅，中有藤花小徑、清影軒、東城圖畫之亭、鶴柴、魚磯、聽雨廊、小濠梁、梅嶼、桂巖、春醒閣、蔭遠堂、沖澹池館、款冬書屋。磽巖仲子文珂，字芝田，有《水香村墅十三咏》。

殷彦來宅在仁豐巷

殷彦來宅在郡城仁豐巷，見李北岳題詩。

張抑高《北山丞相泉》

北山丞相泉，宋少宰吴敏所鑿，在北山寺西山麓，歲久湮没。張抑高弓求得之，作《北山丞相泉》詩。

梅家巷玉蘭

古梅家巷西行，折而南，近西城第二街東向王氏宅，有玉蘭一株，高三丈許，相傳明末一嫠婦所植。婦有幼子病羸，因栽此玉蘭。數年不著花，祝曰：『天畀兒年樹當花。』未幾，花果大開。至本朝康熙間，已易數主，乃爲王宅。許江門濱曾爲之作圖。

保障湖俗呼炮竹湖

保障湖俗呼炮竹湖。見蕉飲《紅橋》詩。

黄北垞詩吊漁灣故址

康熙間，通政曹公楝亭于沙漫洲上建亭曰漁灣，嘗集漁人打魚于此。二十年後，鞠爲茂草，惟存老樹數株。乾隆癸卯，黄北垞過此，有詩吊之。

周櫟園書『半灣』

真州半灣爲王氏別墅，周櫟園先生亮工舊遊處，『半灣』二字即櫟園所書。

東淘因樹樓

因樹樓在東淘，洪振珂養母之别墅也。賦詩題之者二百人。

邵伯雙塘

邵伯鎮雙塘本爲陸地，鎮中大姓咸族居于此。康熙丙子秋，水决成塘，遂爲讌遊之地。徐鈍人開綸有《雙塘對月》詩。

邵伯枝廬、融屋

邵伯詩人並集之地有蔣氏枝廬、史氏融屋。枝廬屢見周弟六[一]集中，蓋始爲周業，而後歸于蔣者。

邵伯止園

邵伯鎮又有止園。謝鍾山叙云：『戊午十月，携具招斗酒會，中梁子天飛、閻子聖來、史子址筠、于子長公集于義史君之止園。』

申笏山《過海淀佟氏瑞園舊寓》詩

申笏山在京師，《過海淀佟氏瑞園舊寓》詩云『偶尋斷石留書法』，蓋園之石額爲董文敏所書也。

［一］周弟六，嘉慶刻本作『周地云』。

諸桐嶼太史重光、畢秋颿尚書沅時爲舍人，因此句物色之，得于墻東草棘中。

閔廉風泛舟過容園

容園臨江邊，天啓間汪氏所創；後歸江都閔氏，即廉風之祖也。有巨石，甚奇。園多夫容，驛騎過之，有走馬看花之諺，今無片瓦矣。廉風泛舟過之，有詩志感云：『我今四顧風凄然，日落村邊聞吠犬。』

阮元幼年寓資福寺

儀徵資福寺門有橋、池，寺多竹樹。其正殿雙楹皆古楠爲之，二人不能合抱，元幼時嘗寓此。魏廓功有詩云：『書聲出秋樹，花雨送溪風。』極得情境。

顧書宣居雄雉齋

顧書宣太史所居雄雉齋，一名華蟲別館。

郭于宫《挐音集》叙

郭于宫元釪《挐音集》小叙云：『余有幽居在葑塞、甓社間，兩村隔溪，可立而呼。水枯霜降之時，榆楊縱横，菱蓼旁雜，小家三四，夜户不閉。余嘗讀書其間，風晨月夕，時一過從，無非菰蘆罾槳中人。』

吴薗次歸田及歸湖詩

吴薗次綺歸田時，貧不能自給。婿江辰六闓爲築室于南門，名曰天地間亭。粤東制府吴留邨又贈錢買粉妝巷趙氏廢圃移居焉。有乞詩文者，先種花、樹一株，不數月而成林，名曰種字林。内有室曰蒓鄉舸，爲詩人燕集之地。顧書宣詩云：『行酒亦爲政，多花不損廉。』

薗次又營屋于黄子湖，名其居曰岸桴，與高人王武徵嘯咏于烟波荻葦之間。有《歸湖》詩五首，一時和者數十人。後又于城西築室，類巖穴之居，與黄淑人相羊其中，顔曰『歸鴻柴』。今湖中宅已廢，爲治者所居。《歸湖》詩，集中未載，惟附見于顧書宣《雄雉齋集》，今録于左。

歸湖五首　吴綺

老愛幽棲出郭行，無多水涉與山程。人留别館非無意，天與滄洲若有情。黄鳥莫辭經日囀，白鷗曾訂舊時盟。青鞋布襪從今始，欲共閑雲過此身。

黄花種得向東籬，較取淵明我覺遲。苦有虚名緣識字，未忘結習尚貪詩。戴公挈榼花深日，王子停船雪滿時。不是傷懷非感世，從來猿鶴是相知。

水雲深處未嫌孤，欲寫鴟夷泛宅圖。一曲柳塘栽菡萏，數間茅屋隱菰蒲。且教女子歌秋水，不效詩人乞鑒湖。一葉輕舟驢兩耳，風光真稱白髭須。

牢落平生懶是真，春來七十二閑身。鷄魚未敢忘前事，牛馬何堪逐後塵。乞得寒梅能作伴，借將修竹可爲鄰。莫嗟冷寂非吾意，眼底從來怕熱人。

絶似牽船傍岸居，槿籬竹屋計全疏。閨中莫慮探空篋，梁上何曾愛破書。一劍誰言迎陸賈，千金幾見壽相如。從教蓑笠無人識，獨向黄陂號老漁。

焦文生讀書處

湖干草堂在黄子湖，江都學生焦文生源讀書處也。文生妻卞，本富家女，箱櫝皆自畫山水、花鳥而題以詩。荆釵裙布，與文生躬耕自給，並臻高年。袁太史枚有『梅花不共斯人老』之句。其孫佩士蕙拓其屋，遶以修竹，竹内種芍藥一畦，周以絳桃。又植老梅數本，玉蘭、山茶、海棠各一本。屋十餘間，以半課子，以半爲賓客吟宴之地。謝東寅旭詩云：『曲水環深宅，春來致更幽。花光侵客袂，翠影落茶甌。談劍能驚座，敦詩豁倦眸。只因良會少，欲別又淹留。』

瓜洲熊氏别墅

江山風月亭，瓜洲熊氏别墅。元至治中，翰林承旨蜕庵張翥爲詩，相傳爲趙松雪所書，今已失之矣詩見《蜕庵集》中。熊之裔孫偉男維熊不忘先蹟，用屬和遠近。魏篁中嘉琬亦瓜洲人，有詩咏之云：『一髮青天失萬艘，峭風落袖迴憑高。隔雲飛錦入寒月，對海彈絃清夜濤。集響空多宜嘯癖，能吟老去尚詩豪。只今避暑名園地，蓼岸秋容認草袍。』

瓜洲中隱草堂

瓜洲中隱草堂，内有邂軒、東皋、鏡潭、垂釣處、回瀾橋、白波青嶂之間。天台齊次風過瓜洲，作《中隱草堂雜咏》詩。

欒又令築洗心亭

欒又令，字允諧，一字介冰[一]。以歲貢生除徐州蕭縣學訓導，不赴。居江都郭東八十里，築洗心亭，雜花柳樹，自號悟賓道人。擇地攝山戴家庫，題曰『悟賓歸宿處』。朱竹垞撰《欒君墓志銘》。

黄天濤杜來閣

姜堰在泰州郭東四十五里，黄天濤與從兄仙裳居于此。天濤于宅後構秋嘉館，又築臺結閣，以爲賓友吟眺之處。閣始成，適黄岡杜于皇至，因名其閣爲杜來閣。

陳維崧《依園遊記》

依園者，韓家園也。在北門外，今廢。陽羡陳檢討維崧撰有《依園游記》，今備録之。

依園游記　陳維崧

出揚州北郭門百餘武，爲依園。依園者，韓家園也。斜帶紅橋，俯映渌水。人家園林以百十數，依園尤勝，屢爲諸名士讌遊地。甲辰春莫，畢刺史載積先生觴客于斯園，行有日矣，雨不

[一] 底本作『介水』，朱彝尊《曝書亭集·徐州蕭縣儒學訓導欒君墓志銘》：『君諱又令，字允諧，一字介冰』。

止。平明天色新霽，春光如黛，晴絲罥人。急買小舟，由小東門至北郭，一路皆碧溪紅樹，水閣臨流，明簾夾岸，衣香人影，掩映生綃畫縠間。不數武，舟次依園。先生與諸客分踞一勝，雀爐茗椀，楸枰絲竹，任客各選一藝以自樂。少焉，家賓雜至，少長咸集。梨園弟子演劇，管弦清越，歌聲繞梁，林鶯爲之罷啼，文魚于焉出聽矣。是日也，風日鮮新，池臺幽靚。主賓脱去苛禮，每度一曲，坐上絶無人聲。園門外，青簾白舫，往來如織。凌晨而出，薄暮而還，可謂勝遊也。越一日，兩先生笑曰：『昨日之遊，意其有天焉否耶？雖然，歲月遷流，一往而逝，念良朋之難遘，而勝事之不可常也，子可無一言以紀之？』并屬崇川陳菊裳鵠爲之圖。圖成，各係以詩。同集者，閩中林那子先生古度，楚黄杜于皇濬，秣陵龔半千賢，新安孫無言默，山陰吕黍字師濂，山左劉孔集大成、曲智仲動，吴門錢德遠夢麟，真州王仲超昆，崇川陳菊裳鵠、李瑶田遴、張麓逑翥、徐春先禧，秦郵李次吉乃綱，舍弟天路、騫暨崧，共有十七人。

張軼青詩『堡城』

出天寧門七里地曰堡城，即宋之寶祐城也。城址猶仿佛可辨，居人率以藝花爲業。張軼青詩云：『但見花開落，不知城廢興。』

陸思白詩吊江村故址

江村故址乃詩人呂涼州别墅。泰州陸思白大珩有詩吊之云：『秋樹斜陽與客捫，閑尋野老問江村。花階爲路今無主，水竹編籬舊有門。塞港依然飛荻絮，斷橋誰復見潮痕。可憐一代詩人地，衰草寒烟夜夜魂。』葉義方敬有《九日方四慶邀集非園分賦》詩。非園，今未知所在。

厲士貞手植牡丹

厲烈士孝廉士貞手植牡丹及齋前樹，數十年後，其孫再亭每招詩人賞咏之。洪寶田有『看到子孫花更好』之句。

阮元題珠湖草堂詩

元家北湖公道橋有珠湖草堂，爲祖考琢庵將軍讀書處。余嘗囑友人爲圖，並自題云：『月落湖水平，珠光弄殘夜。夕霏已媚人，况是斜陽下。吾家甓社西，臨水有茅舍。當年達人歸，謝靈運《述祖德》詩云「達人貴自我」。行吟得清暇。投壺登小樓，射鴨來虚榭。柳細早分凉，荷香始知夏。我豈不懷鄉，塵鞅安可謝。武林好山水，未宜税烟駕。終念甘泉山，青光向湖瀉。』

易松滋吟誦抱山堂

易松滋取孟東野『好詩恒抱山』之句，名其吟誦之所爲抱山堂，賓客滿座。四方名彦之往來，無不題襟投轄。雲間沈學子稱松滋之詩清苦堅卓，悠然有弦外之音。

王文通『桴園』

高郵王文通公于湖中爲園，名曰桴園。

卷七

馬曰琯、馬曰璐《韓江雅集》

馬曰琯秋玉、曰璐半查兄弟並好客，主持風雅，勒其朋侶游宴之詩爲《韓江雅集》十二卷。與斯集者，則有胡期恒、號復翁，本湖南人，官左都御史。生于揚州，故在揚亦自號里人。然曾爲江蘇布政使，是以不録入《淮海集》。唐建中字南軒，天門人，康熙癸巳庶常、程夢星、汪玉樞、厲鶚錢塘人，孝廉、方士庶、王藻、方士庱、陳章錢塘人、閔華、陸鍾輝、全祖望鄞縣人，庶常、張四科、史肇鵬、楊述曾陽湖人，編修、洪振珂、鄭江、張世進、趙昱仁和人、丁敬錢塘人、杭世駿錢塘人，編修、趙信仁和人、趙一清、戴文燈歸安人，丁丑進士，禮部員外郎、陳祖范錢塘人、查祥、邵泰、姚世鈺歸安人、王文充江都人，編修、劉師恕、程士械、樓錡字于湘，長洲人、團昇、陸錫疇諸名宿。其詩則有《金陵移梅歌》，半查自金陵移古梅十三本，植于七峰草亭之陽。元按：高郵王樓村先生嘗夢老人付以十三本梅花，因屬禹鴻臚作《十三本梅花書屋圖》，繆灃南司寇諸君皆題之。故王藻詩云：『却笑白田王内翰，夢裏栽梅畫裏看。』《冬日集經畬堂分咏》，糖蟹煨芋、剪橘掃葉、淹菹護蘭、糊窗烘梅、暴背開爐。《雪中故事》，洪州西山瓜牛廬、香山精舍、蘆洲兔園、龍門孤山、聚星堂、懸瓠城、少林剡溪。《浮山禹廟觀壁間山海經塑像》五言排律，《梅花紙帳歌分咏梅花事》，含章殿、隴頭、漱芳亭、羅浮、頓有亭、玉照堂、范村、鍾山、合江園、梅花屋、紅羅亭、巢居閣、大梅山。《行庵食笋》，别有洞庭葉震初畫《行庵文讌圖》。《打麥詞》，《養蠶詞》，《分咏揚州古蹟》，雲山閣、淳于棼宅、康山水亭、秋聲館、木蘭院、玉勾井、阿師橋、迎仙樓、居竹軒、棲靈塔、偕樂園。《漢首山宫銅雁足鐙歌》，器爲馬氏所藏，槃下銘云：竟寧元年，護爲内者造銅雁足鐙，重四斤十二兩。護武嗇夫霸掾廣漢主右丞賞守令豐護工衣史不禁首山宫内者第廿五受内者。《分咏銷寒故事》，宋子京修唐書、高太素商山白醉、王龍標旗亭畫壁、王摩詰華子岡、吕徽之米桶有人、李太白宫娥呵牙管、蘇東坡冬夜遊承天寺、石虎燋龍湯池、僧惟政荻花毬、范石湖頌炭、周憲王送雪。《采蘋曲》，采自揚子津，重跗累萼，狀如白蓮，與吴興所産正同。《徐幼文師子林畫册》，此册今在内府。《銅鼓歌》《咏邵文莊温研爐》，明無錫邵寶物，方西疇藏。銘云：『暑有發冰，寒有韞火；既濟且和，燮理在我。彼鼎我研，制殊義同。汝革汝從，惟金在鎔。功成斯文，而不自有。左右置之，歲寒良友。二泉邵寶著，錫山安國製。』《東園雜咏》，品外第一泉、醉烟亭、春雨堂、凝翠軒、蘋風檻、目矖臺、春水步、小鑒湖、駕鶴樓、嘉蓮亭、踏葉廊、梓潼殿、杏軒、夫容沜、對薇亭、偶寄山房、子雲亭、春雨堂共十八處。元按：東園即賀園，雍正間，賀吴村君召所構。乾隆甲子、丙寅復脩而廣之。半查諸君所咏止取前十一處爲題，其後七處未經入咏。今廢，改爲蓮花橋左右諸園亭。《集讓圃投壺》《集環溪草堂流觴》《展重午集小玲瓏山館分賦鍾馗畫》，聽琴圖、嫁妹圖、踏雪圖、策蹇圖、出獵圖、觀傀儡圖、元夕出遊圖、戲嬰圖、秤鬼圖、夜遊圖、執笏圖、品茶圖、緣竿圖。元聞揚州詩老云：馬氏不但藏書極富，其藏畫亦極佳。每逢午日，堂、齋、軒、室皆懸鍾馗，無一同者。其畫手亦皆明以前人，無本朝手筆，可謂鉅觀。今諸題中，只《執笏圖》知爲陳老蓮畫，其餘無傳。又《聽琴圖》，元幼時曾在橙里先生紫玲瓏山館中見之：一人在室内對檠撫琴，窗外有井及雜樹；鍾馗五人五色衣共聽琴，一馗誤墜井，一馗援之出。橙里先生示元云：『此五音也。』其畫手似是仇十洲，今記憶不確矣。及遊金山、焦山諸題。馬氏之後，有江橙里先生昉繼之。先生卒後，此風歇絶矣。故元挽先生詩有句云：『從今名士舟，不向揚州泊。』

馬氏兄弟《林屋倡酬集》

馬氏兄弟又嘗同人遊吴中，遍歷天平、支硎、靈巖、鄧尉、太湖、洞庭山諸勝，得詩爲《林屋倡酬集》。

吴薗次等餞孔尚任等于克敏堂

孔東塘尚任還朝，梁蘗亭佩蘭歸南海，張南村總，字僧持。入九華山修志，吴薗次、顧書宣等十二人餞于克敏堂，用上平十五韵，各拈分賦。

鄭熙績等有《五簋約》

鄭熙績與楊西亭、高小卻、鮑孟次、談孝先集玉照亭，訂真率會，有《五簋約》。

方息翁謔《韓江雅集》諸君

方息翁扶南曾目《韓江雅集》諸君，或爲佛，或爲菩薩，或爲維摩詰，或爲揭諦神，蓋各就其語默動静而爲之謔也。同人亦有詩紀之。

團鶴筊刻《真州倡和集》

團鶴筊昇居真州時，與張琢堂璞、陶鏡堂鑑、卞古山澍、方可村嶟、許滄亭登瀛、李星同志棟、李餘中仙植、張南垞秉彝、石蘇門繼登、劉稼亭嘉禾、汪磽巖堂、李東渚仙榜、李晴川少白、閔廉風華、汪問源聖清、楊萸亭大任、黃北垞裕、楊林皋瑗、方介亭和、竹樓元鹿、吴蓴埜之粹、李琴齋鵬舉、丁碻庵居信、劉鹿圃國柱、劉戇亭承毅、劉錦洲標、宋紱齋譽、李漁川少元、吴拱垣極、黃錫華榮、厲在亭靖、張蓮溪祥麟、石野塘椿、汪楓南宸扆、劉南塘瑞、沈玉厓增、胡吟石溶、吴桐山淮、嚴寅齋秉、錢孺堂志□　、楊南村淮、張南坪日恒等四十人前後相倡和，萃刻爲《真州倡和集》二卷。

〔一〕《真州倡和詩》卷下《九日同人過雨花庵》爲「錢志遥孺堂」所作，則所缺一字當爲「遥」。

北湖詩人同構一園

北湖詩人施叔氏原、徐坦庵石麒、畢□□[一]鋭、范石湖荃同構一園，榜曰『芳畬』，隱范、施、徐、畢四姓也，今廢。

朱野塘聯詩社

朱野塘太史青選聯詩社，與會者封習園、張瀛上、汪燕山、王湯又。

吴賓盧《移居黄子湖》

吴賓盧寅壯遊四方歸，舟至北湖黄珏橋，月下聞讀書聲，步尋之，得數十家，曰：『此仁里也。』乃移居湖中，有《移居黄子湖》詩四律。與李釀園裕兹、陳敬輿儼、謝東寅旭、焦聲依永、霞村步青、吴聖涯涵往來相倡和。

[一]《北湖小志》卷四《文施畢趙傳第十二》作：『畢鋭，字穎君，晚號山樵。』則所缺兩字當爲『穎君』。

汪磽巖構『水香村墅』

儀徵汪磽巖堂，就東城圖畫舊址構水香村墅，名流多咏集其中。乾隆甲戌秋杪，曾與鄭板橋、繆客船、黄北垞、蕭鄧林、張煦齋、陶韵亭、金麟洲、繆禹門、沈玉崖、方竹樓、方介亭、徐荔村、藥根上人共十四人，集百尺樓，以趙嘏『殘星幾點雁横塞，長笛一聲人倚樓』句分韵賦詩。

申笏山錫壽堂賦詩

丙辰鴻博，申笏山副憲甫爲浙江總督無錫嵇相公曾筠所舉，庚辰嘗會同徵于京師華亭王相公舊邸之錫壽堂。時杭堇浦編修方撰《詞科掌録》，笏山詩云：『又與摭言添一則，燕堂高會紀燕臺。』壬午七月朔日，又與錢蘀石閣學載、曹地山侍郎秀先爲鴻博同年之會，錢作《歲寒三友圖》，賦詩誌之。

許荔生文讌之地獵微草堂

獵微草堂，乃許荔生文讌之地，賓客有劉復齋、錢禹銘、費滋衡、吴羽文、趙飲谷、畢亮四、樓寧世、周少逸、金見素、汪迎年、鄭重周。

邵伯埭競为文酒之會

邵伯埭舊多詩人，競爲文酒之會。有潘持垣、劉雲章、徐夢獻、邱子高、張伊蒿、鄭開平、張汝州、謝雲足、王淑人、王鶴崖、謝逸墅、賈雪三、王天陟、周弟[一]六。《弟[二]六詩集》中，有《清明前二日，同人過王天陟別墅探梅》詩、《歲暮同社諸友過老君堂閑話》詩、《丙申仲冬，同社諸子再集匯園分賦》詩、《清明同諸子遊王園》詩、《八月十六日同人集飲呑海亭，大醉達旦》詩、《柳塘送春分咏》詩、《九日集洛雅堂》詩、《雨中遊許園，坐聽花書屋看山分咏》詩、《集飲枝廬》詩、《重九前八日飲王匯園別業，憶賦分賦》詩。

張抑高等爲尚齒之會

張抑高弓，先世延安人，占籍儀徵，年七十七。又賀天詮亦年七十七，高懋賢八十一，劉大中七十六，先觔齋著七十二，黄右觥鼐七十，張樞六十六，集花下爲尚齒之會，各賦詩，以『七人五百二十歲』爲起句，本香山七人五百七十歲故事也。

[一] 弟，嘉慶刻本作『地』。
[二] 弟，嘉慶刻本作『地』。

馬半查、方西疇生日詩讌

馬半查、方西疇同日生，皆在牡丹開時，每有詩讌。

閔廉風題王梅沜《廣陵倡和詩録》

王梅沜曾輯《廣陵倡和詩録》，閔廉風題其後云：『也如《河嶽英靈集》，不是張爲《主客圖》。』此録元訪之未得。

汪蛟門復修平山堂

汪蛟門與太守金公長真復修平山堂成，四遠賓客咸集。曹侍郎秋岳首爲長律五十韵，屬和者五十餘人。時寧都魏叔子禧、蕭山毛秋晴奇齡並撰《重建平山堂記》，宣城施愚山閏章撰《平山堂詩記序》，江南北傳爲盛事。蛟門又于堂後拓地爲樓五楹，設栗主祀歐陽永叔、劉仲原父、蘇子瞻，名曰『真賞之樓』，取永叔《寄仲原父》詩中語也。秀水朱竹垞爲作《真賞樓記》。

小玲瓏山館、今有堂、著老書堂聯句之盛

聯句之盛，莫過于馬氏小玲瓏山館、程氏今有堂、張氏著老書堂。馬氏有《食鰣魚聯句》；馬曰琯、厲鶚、王藻、馬曰璐、陳章、閔華、陸鍾輝、張四科。有《禹鴻臚尚基五瑞圖聯句》；閔華、厲鶚、程夢星、陳章、王藻、馬曰琯、方士庶、馬曰璐、陸鍾輝。有《看山樓雪月聯句》；厲鶚、陳章、姚世鈺、馬曰琯、馬曰璐。有《五日席間咏嘉靖雕漆盤聯句》；馬曰琯、汪玉樞、厲鶚、馬曰璐、陳章、姚世鈺、張四科。有《寒夜石壁庵聯句》；馬曰琯、厲鶚、方士庶、馬曰璐、杭世駿、陳章、閔華、陸鍾輝、樓錡。有《壬申山館上元聯句》；馬曰琯、張世進、方士庶、馬曰璐、陳章、閔華、陸鍾輝、樓錡。有《乙亥上元聯句》。朱稻孫、馬曰琯、張世進、馬曰璐、閔華、陸鍾輝。程氏有《上巳後二日燈下聯句》；程夢星、許建華、黄裕、程夢鈞、盛唐。有《茗實齋試茶聯句，用軒轅彌明石鼎聯句韵》；程夢星、黄裕、程夢鈞、許建華、唐毓蓟、余昊。有《五覞樓對雪聯句·限『覞』字》；程夢星、黄裕、楊濂、唐毓蓟、余旻。有《雪後聽五琅王吉途鼓琴聯句限『鼓』字》；程夢星、黄裕、楊濂、余旻。有《泛舟小滴南觀荷聯句排律三十韵》程夢星、黄裕、程夢鈞、余旻、程名世、程志乾。限『南』字；有《食餅聯句》；程夢星、馬曰琯、方士庶、方士庹、馬曰璐、閔華、陸鍾輝。有《食枇杷聯句》。程夢星、黄裕、楊濂、許建華。張氏有《詩南軒觀荷花聯句》；厲鶚、陳章、王藻、張四科。有《集榮木軒觀趙承旨畫番馬圖聯句》；張世進、陳章、姚世鈺、閔華、張四科。有《雪中聯句送吴葑田歸溧水》；王藻、張世進、張四科、吴廷采。有《暖硯聯句》；張世進、王藻、張四

科、吴廷采。有《祭詩聯句》；王藻、張世進、張四科。有《六月朔日集著老書堂大雨聯句》；姚世鈺、張世進、吴廷采、張四科。有《十二月望夜乘月登南城樓聯句》二首；張世進、張四科。《冰盆聯句》；張世進、閔華、張四科、佘夢易。《炒米聯句》；張世進、張四科。《飤魚聯句》；陳章、閔華、陸鍾輝、張四科、樓錡。《風車聯句》；張世進、王藻、陳章、陳皋、張四科、蔣德、萬涵。《五月既望待月聯句》；陳章、張世進、王藻、張四科。《飲茶木軒聯句》。王藻、張世進、陳章、佘夢易、張四科。

朱自天、王熙聞《錫山聯句》

朱自天與王熙聞《錫山聯句》云：『布帆風静落潮時熙聞，新月空濛罥柳枝。斷續櫓聲漁唱晚自天，蕭寥霜信雁群遲。吴兒夜市家家酒熙聞，秋士閑吟處處詩。明日茱萸誰共插自天？他鄉兄弟髮如絲熙聞。』

劉六松評李芝庭著《秀谷集唐詩》

江都李芝庭義賢嘗著《秀谷集唐詩》八卷，氣體自然，屬對工妙。劉六松攜謂其『一聯如得意，萬事不關心。雖丘錦江花，不過如是。』高郵孫弓安亦集唐句，如：『詩繼青蓮懷謝史，碑評黄絹讀曹娥翁綬、杜牧。客裏幾時携素手，人間亦自有丹丘劉文房、韓炳。』皆極工巧。

江橙里集宋元人詩餘

江太守橙里先生集宋元人詩餘七字者爲絶句詩，渾成無迹。如『殘花微雨隔青樓，聽得吹簫憶舊遊。不分小庭芳草緑，一春長是爲春愁。顧敻、孫惟信、孫元幹、辛弃疾。』又云：『簾幕輕回舞燕風，雲屏冷落畫堂空。最愁人是黄昏近，一樹梨花細雨中。盧祖皋、馮延巳、張炎、陳堯。』

孔東塘等紅橋修禊

紅橋爲詩人聚集之地，王阮亭、宋荔裳皆嘗觴咏于此。後孔東塘在廣陵時，上巳日招同吴薗次綺、鄧孝威漢儀、費此度密、李艾山沂、黄仙裳雲、宗定九元修、宗子發元豫、查二瞻士標、蔣前民易、閔賓連、王武徵方岐、喬東湖寅、朱其恭、朱西柯、張諧石韵、楊爾公、吴彤本、卓近青爾堪、趙念昔允懷、王孚嘉、王楚士、王允文、閔義行共二十四人紅橋修禊，賦詩紀事。

陶季集唐人絶句

陶季有集唐絶句五十五首。自叙云：『唐人詩，惟七言絶句可以咏歌，余嘗效之。康熙甲子再遊荆楚，聊引唐句，用賦别離。』其詩如『洞庭春盡水如天柳宗元，送爾維舟惜此筵杜甫。一宿青山又前去趙嘏，緑波無路草芊芊許渾。』『越山稠叠海林疏皇甫冉，灞岸青門有敝廬劉商。莫恨東西溝水別白居易，昨來頻得贊公書李端。』『扣角誰聞寧戚歌李中，飛騰無奈故人何杜甫。山鶯驚起酒醒處竇庠，一徑草荒春雨多許渾。』『謝家臨水有池臺秦韜玉，巖館蒼蒼遍緑苔武元衡。醉後不憂迷客路施肩吾，滿湖明月小船回白居易。』

蔣繼軾集字和詩

吴門張天農、閩中黄叔威有《秋懷集字詩》八首，用杜少陵《秋興詩》集之也。江都蔣太史繼軾集字和之，至十六首。如『千里關山黄菊泪，幾聲猿鳥白雲心。』『蘆花白處皆漁宅，楓樹紅邊有畫樓。』『車馬遲回心自省，功名冷落老相催。』『湖水夜明飛翠羽，江樓風静落紅牙。』『筆有江花凋晚歲，扇餘班泪對秋風。』後和八首云：『青山北向圍京口，白浪東馳下石頭。』『平子愁多時有泪，少陵吟苦日思家。』『時有山夔驚老眼，每看塞馬失先機。』皆極工巧。

王椒卻集唐二律送梁五犂游滇南

梁五犂嘉稷從姜青藜將軍游于滇南之大理，王椒卻轂集唐二律送之，甚工。其一云：『雲南路出洱河西雍陶，別酒重傾惜解携李景。蓼水白波喧夏日鄭谷，桄榔椰葉暗蠻溪李德裕。未登崖谷尋丹竈李紳，可有文詞咏碧雞吴融。草檄青油推健筆羊士諤，詩成一夜月中題王初。』其二云：『臂上琱弓百戰勛王維，戎衣更逐李將軍李益。方驚嶺嶠遥瞻日李頎，漸失征帆錯認雲元稹。山色好當晴處見白居易，猿聲頻向屋邊聞杜荀鶴。空懷道遠無持贈許渾，惟有青山遠送君郎士元。』五棨居北湖梁家巷，椒卻居邵伯埭。五棨《滇南寄椒卻》云：『不肯折腰彭澤縣，偏容濯足艾陵湖。』是時椒卻自岐山令罷歸也。

汪士裕《適園詩鈔》

汪士裕有《適園詩鈔》二卷，卷中多與叔定、蛟門、舟次相倡和。一姓弟兄，並以詩鳴，一時稱盛。同時若王西樵、宗鶴問、吴薗次、王武徵亦多贈答之作。

黄北垞詩集十七存一

黄北垞裕詩最多，其集始于康熙甲午，迄于乾隆戊子。曰《秋眉》，曰《小帆》，曰《揞枕》，曰《西倉》，曰《松底》，曰《冷灰》，曰《南甘泉》，曰《倚闌》，曰《南營》，曰《夢陸西樓》，曰《園客》，曰《桐華》，曰《求去居》，曰《城南》，曰《銅街》，曰《白首江上》，曰《龐眉》，凡十七集。今唯存《白首江上集》，餘十六皆未見。

孔東塘文酒之會

曲阜孔東塘尚任官揚州時，屢爲文酒之會。嘗與鄧孝威漢儀、吴薗次綺、蔣前民易、宗梅岑定九、桑楚執豸梅花嶺登高賦詩。長洲陳鶴山翼有詩云：『緑郊古嶺夕陽西，佳節重來望眼迷。一水白看群雁没，萬山青愛隔江齊。烟荒馬鬣餘碑字，香散梅花剩菊畦。靈管也知人慷慨，聲聲吹落碧雲低。』

康熙乙巳水繪園詩會

水繪園修禊，在康熙乙巳之暮春三日。時王阮亭按部東皋，適陽羨陳其年維崧、婁東毛亦史師桂亦在，因合邵潛夫潛、冒巢民襄、冒穀梁禾書、冒青若丹書、許山濤嗣隆會于此園，共爲詩三十八首。

吴薗次湖州詩會

吴薗次綺守湖州，四方名士過從無虚日。嘗與吴學士偉業、張大令芳、吴侍御雯清修禊于愛山堂，又與曹司農溶、宋觀察琬、謝司李天樞、黄進士與堅集于窪樽亭，皆屏去騶從，解衣盤礴，觀者目爲神仙中人。吴學士有『客比亂山多』之句，陽羨陳檢討維崧未與其盛，後叙《林蕙堂集》云：『獨有鄙人，况居旁邑。調弦待奏，情含流水之中；滅刺難前，客在亂山之外。』

謝鍾山畦園斗酒

謝鍾山良瑜構畦園于邵埭之上，繪《畦園》，與四方知名士分題拈韵，互相唱酬。晚年與老友數人爲斗酒會，繼而老友零落，獨居畦園，年七十一。

許師六《集字詩》叙

江都許師六太史承家《集字詩》叙云：『丙寅正月，偕家暢翁、兒昌齡，駕小舟之淮陰，道遇雪，加以冰凍，雪霽見月，月没見雪，風日間作，閲八日始抵岸。舟中無一事，無一客，又無一書可讀，僅携有牙詩牌字一千扇，三人各集成詩，得如干首。集成系以題，亦意爲之，所謂得其仿佛而已。』

范石湖交遊燕集之跡

左自衡衡集中有《三月晦日，吴象寀招集南園賞芍藥花，同宗響山、范石湖、朱西柯、喬東湖、錢木天各分二韵》。又李北岳《橒巢詩集》，有《上元後三日，吴丈似庵招同范石湖、朱西柯、喬東湖、張印宣、家月江暨令侄象寀、家兄中州三汊河舟泛，各賦排律十韵》。范石湖交遊燕集之跡，于此可見。

顧書宣《集杜詩》

顧書宣有《集杜詩》十首。如『老樹空庭得，疏籬野蔓懸。』『喜無多屋宇，自有一山川。』『議論有餘地，波瀾獨老成。』『虹霓就掌握，冰雪净聰明。』『似欲忘飢渴，真堪託死生。』『在家常起早，多病覺身輕。』『美花多映竹，細雨更移橙。』『野樹欹還倚，明霞高可餐。』『開卷得佳句，觀圖憶古人。』皆極工巧。自叙云：『鯖會五侯，子美泣尋翁父；衣成百衲，涪翁笑謂半山。雖人云亦云，實我用我法。初無隨脚跟轉之病，何有拾牙後慧之嫌。』

顧書宣和吴薗次《歸湖》詩

吴薗次《歸湖》詩，和者衆矣。顧書宣集放翁句以次韵，尤稱奇巧，今備録之。『喜挂高帆浩蕩行，飄然雲水不論程。尚嫌塵境妨幽致，肯使秋毫有妄情。村酒可賒常痛飲，野人有舊得尋盟。扁舟來往無窮樂，夜夜湖中看月生。』『兩扇荆扉數掩籬，並溪穿霧每歸遲。客撑小艇招垂釣，僧趁分題就賦詩。豪竹哀絲真昨夢，晚菘早韭恰當時。紅塵朝夢何時了？此老醉眠初不知。』『偶來徙倚草亭孤，到處皆成一畫圖。叠叠沙痕留浦岸，蕭蕭秋意滿菰蒲。意行舍北三叉路，跬步門前萬頃湖。聊舉一杯生耳熱，醉中猶攬故人鬚。』『五百年前賀季真，天將閑處著閑身。吾曹自欲期千載，外物原知等一塵。錦雉白魚供野餉，黄雞緑酒聚比鄰。醉中即是逃名地，本避浮名不避人。』『頻拈枯筆賦幽居，歸老林間計未疏。尚憶青衫陪衆隽，不論黄紙有除書。壯心耿耿人誰識，胎髮茸茸漆不如。閲盡輩流身獨健，敢辭老境落樵漁。』

洪月航詩歌佳句

洪月航聲詩佳句，如『湖平蠶市橋初見，柳暗漁家户半扃』；『花光暖趁鳥争樹，山色青隨人上樓』；『鬢邊芳草杯中濕，雨後青山馬上晴』；『鴉歸村寺日初薄，潮到柴門風正來』；『數聲柔櫓青山暮，幾葉短蘆紅藕香』；『曉風帆引西江舶，春雨人耕北岸田』。五言如『山痕千里瘦，詩橐六年肥』；『人聽烟中語，霜飛鬢上華』。

卞古山言愁詩

甘泉卞古山澍幼年善于言愁，有《對月獨酌》云：『酒盡月亦落，無語自徘徊。』康熙癸未、乙酉間，朱竹垞、梁藥亭後先舉詩社于郡之北郊，名流競集，古山與焉。

伍瑞徵《自怡草》附遺句

伍瑞徵之麟《自怡草》後附遺句數十聯。其工者，若『雨嫌客窗劇，愁覺暮春深』；『稻香村社催新釀，秋老黄花憶舊年』。

伍陶公著《北窗吟稿》

伍陶公繼人著有《北窗吟稿》。《春陰》詩云：『黄昏幾點梅花雨，添得淒凉坐小樓。』

繆晴嵐詩二首

泰州繆晴嵐會元祖培《次閿鄉縣》詩云：『亂山争瘦削，征馬倦黄昏。』又《紅橋舟中留别宫霜橋》云：『鵯鵊聲中蕩畫橈，離情黯黯付新潮。分明兩岸消魂柳，何必愁人定灞橋？』

葛振、葛佺兄弟詩句

江都葛柳南振句云：『燈前説劍心空熱，花底題詩字亦香。』其弟松坪佺句云：『冷骨似冰憑酒熱，閑心如水爲花忙。』又《咏髮》詩云：『直從梳脱落，却恨鏡分明。』

黄雪田《海陵夜雨》

黄雪田對《海陵夜雨》云：『星霜歸兩鬢，風雨落孤燈。』

趙柳南詩句

趙柳南有成句云：『林深山路僻，春盡晝陰長。』又云：『山空雲氣結，春盡鳥聲圓。』七言云：『雲生山脊疑天落，水到江心逐地浮。』

史天循《青蓮閣集》

史天循順爲蕉飲太史之叔父，著有《青蓮閣集》。五言云：『槿籬聞夜績，浦溆出秋燈。』『月滿嫌庭窄，烟消惜樹疏。』『幔垂香散少，軒僻鳥窺多。』『釀雨雲初合，憐花酒易乾。』七言云：『衣敝酒添連日跡，病多詩覺去年工。』『書于未見常留意，貧似曾經不改歡。』『書墮手中驚美睡，茶清琖底惜餘芬。』『心緒纖廉疏密雨，客情寥落短長更。』

陳冰壑詩句

陳冰壑鈺五言：『夕陽空戰壘，漁笛起孤舟。』『松根扶墮石，雨溜助奔泉。』『蘆花秋水外，菰米夕陽中。』七言：『淪漣水照白菡萏，蕭疏葦立紅蜻蜓。』

吴梅查詩句

吴梅查均五言：『獨樹支頹岸，雙橋束急流。』《江村見梅花》云：『乍逢野店微皴雪，一笑清溪淺漏春。』

沈春田五言詩句

沈春田大修五言：『魚蝦喧晚市，粱稻老西風。』『野橋隨岸曲，老樹入秋紅。』『松高庭日落，僧老院苔深。』

李衡山詩句

江都道士李衡山惠源詩云：『溪橋宛轉扁舟入，竹樹參差小閣低。』

薛廷吉五言詩句

儀徵薛漁莊廷吉五言：『魚隨潮落網，鳥負日歸山。』『樹深疑水盡，山轉忽天開。』

張雲儕《赤松軒集》

張雲儕鵬《赤松軒集》五言：『新潮隨月上，野火雜星明。』

朱景顔、陳傳姜夫婦詩句

寶應朱景顔《海音詩略》五言：『窗鳴千澗雨，人卧一樓雲。』『庭心碧雲滿，石罅清泉流。』其妻陳傳姜五言：『烟月淡相照，竹深人夜歸。』『亂竹不知路，好山多抱樓。』七言：『一庭芳草無行跡，萬點桃花送好春。』『千里關河初過雁，四山風雨獨登樓。』

喬元溪佳句

喬元溪太守鐸《瀼西堂》詩有云：『四山皆蟋蟀，一院只梧桐。』《大榆渡》云：『落鷺飛前浦，淺霞散一河。』

朱周楨佳句

寶應朱周楨克生《秋厓集》五言《晉安雜詩》：『黄葉千林響，青山一雨寒。』《晚酌》云：『相對猶愁雨，頻來爲看花。』《飲喬道士館》云：『彈琴因地静，舞鶴愛秋高。』七言：『青山礙路遥當榻，流水穿墻暗入池。』

顧書宣五、七言佳句

顧書宣五言：『凍雀蹲檐滿，風鴉鼓陣圓。』『江聲吹白舫，雪意冷黄茆。』『萍藉能言鴨，花留並坐鶯。』七言：『未尋高柳夢先往，想到碧陰心已凉。』『叢竹露多晴亦雨，喬林日薄晝常陰。』『雲重釀成春雨色，風多吹徹早梅枝。』『桃花濃似醉人頰，草色柔于嬌女裙。』『閣外數峰皆畫本，庵邊萬緑即書材。』『野蜂聲動林吹雨，老薺花多路滿霜。』

宫參兩《紅椒山房詩》佳句

宫參兩翼宸《紅椒山房詩》五言：『疏烟低出寺，密樹遠藏山。』七言：『梁間月落空餘夢，江上峰青不見人。』

汪叔定五言佳句

汪叔定耀麟五言：『夜月看常好，秋風聽不同。』『聞鐘知夜静，近樹覺風多。』

史蕉飲五言佳句

史蕉飲申義《清化驛山家》詩：『屋角露初泫，雜卉交秋陰。』《武陵道中》云：『溪亭當竹徑，山寺截松門。』《沅州》云：『天遥無雁影，風急有猿聲。』《水亭》云：『垂檐星斗大，接砦虎狼多。』

申笏山五、七言佳句

申笏山副憲甫，杭堇浦太史稱其『詩章秀拔，律調尤妍』。五言如『雨聲先到寺，山色半歸雲』；『面爲吟詩瘦，官因愛酒辭』；『明月白千里，梅花香一樓』。七言如『入座斜陽移樹影，半庭殘雪界墻陰』；『樽前湖海豪猶在，鬢上星霜老欲成』；『東風簾外才三日，舊雨尊前恰十人』；『庭前老樹寒聲急，江上梅花客夢恬』；『舉頭月色侵簾白，入户茶烟繞鬢青』；『二三里外未嫌遠，五六日來今始晴』；『千絲屋角收殘雨，一線山腰漏夕陽』。

申笏山《秋日放榜》詩句

元嘗聞人誦笏山《秋日放榜》詩云：『古來重九西風冷，明日長安落葉多。』著語藴藉，云爲知貢舉時所作。

方洵遠五言詩句

方洵遠士庶五言：『路暗恐行旅，林昏失晚炊。』『秋餘黄葉後，人到菊花先。』『江光凝極浦，露氣覺疏巾。』

潘雅堂五言詩句

潘雅堂刑部純鈺詩：『花香全著水，人影半登山。』『隔岸燈穿樹，隨帆月送人。』

程梅衫《咏絡緯蟲》絶句

閨秀程梅衫雲《绿窗遺稿·咏絡緯蟲》絶句云：『籬豆花間月，繅車軋軋聲。如何終夜織，不見七襄成。』

汪恬谷《讀書東柯草堂》詩句

汪恬谷超寧《讀書東柯草堂》云：『孤鐘破雨出幽寺，敗葉裹風敲暗窗。』

黄北垞七言佳句

黄北垞裕七言：『新水乍添連夜雨，春風又過一年花。』韵致絶佳。又《咏燕子》詩云：『未過寒食先將侣，一受輕風便泥人。』

馬振仲詩句

馬御張振仲，半查第三子，爲伯父橘堂後。有句云：『高樹留殘照，青燈聚故人。』

文衡夫七言詩句

文衡夫元星善寫梅，世以醫名。有《種瑶草堂集》。七言云：『三島烟霞歸鶴背，一天風雪夢梅花。』

鄭楓人五、七言佳句

鄭楓人觀察澐《玉句草堂詩・曉行》云：『初陽平野外，蒼潤到眉睫。』又云：『野霧如空江，茫茫半天白。』七言云：『河聲送雨過沙市，山翠横烟入柁樓。』『孤宦遠同千載上，畸人多在萬峰間。』『扁舟久住成安宅，小吏平看似故人。』『雲昏楚樹春如夢，風薄吴棉曉欲秋。』

杜思曠《蒼溪詩集》詩句

《蒼溪詩集》相傳爲江都杜思曠仁俊撰。思曠終于寶坻令，蒼溪其始令之地耶？五言：『新沙恣鹿迹，細雨滑鶯聲。』

左自衡《寄廬詩草》佳句

江都左自衡衡《寄廬詩草》五言：『風隨寒葉下，花戀夕陽開。』『新霽不多日，舊遊能幾人？』『梅開初霽雨，簾卷正逢人。』

李艾山五、七言佳句

李艾山沂五言：『波光摇閣影，蓮氣染僧衣。』『地卑愁夜雨，垣短聚春星。』『煮茗花三徑，彈琴月半樓。』七言：『平蕪野色入高閣，落日暝烟生暮村。』『老去未能疏緑酒，春來早擬策紅藤。』

汪舟次五、七言佳句

汪舟次五言如：『池平全藉雨，桐老更知秋。』『千山堪立馬，七尺肯依人。』『樵風隨短褐，海月照長鑱。』『猿啼無酒處，雁叫憶家時。』七言如：『异地論交秋正好，大江把酒月初明。』『返照入岩明虎跡，暗風過磵亂鼯啼。』『諸侯座上誰尊俎？老子胸中有甲兵。』『鑄將賈島終非佛，綉出平原豈用絲？』『長歌短歌客千里，清酒濁酒天一方。』

夏醴谷七言詩句

高郵夏醴谷檢討七言：『不礙卷舒蕉葉緑，獨分清濁藕花香。』『出林鳥語弄清晝，破臘春風上小堂。』

殷桐高詩句

殷桐高嶧詩：『雪印牽駝跡，風鳴射虎弓。』『屋依山作壁，僧與佛同龕。』『愁非幾卷書能遣，懶到經旬髮不梳。』

張南垞《咏鷺》詩句

張南垞《咏鷺》云：『蘆花秋水明如此，荷葉西風響若何？』

仲鶴慶佳句

泰州仲解元鶴慶詩：『山溪通路小，水檻得秋多。』『遠水緑歸漁子艇，夕陽紅上老僧樓。』『茅舍烟痕初過雨，晚山雲勢欲生風。』『樹底人家見城影，日邊樓閣浸波光。』

王維新詩句

江都王維新拱辰詩：『六朝風景春如夢，三月鶯花客在樓。』

李大村《河塞詩》

李大村國宋《河塞詩》：『竹楗何須憂瓠子，斗泥無復泛桃花。』

閔賓連七言詩句

閔賓連麟嗣：『松盤絶壁留山徑，鳥起危巢駭杖聲。』《武昌漫興》云：『世遠英雄無故壘，江空狂客有芳洲。』

華龍眉詩句

華龍眉襄詩：『鴻飛半江月，夢壓一船霜。』『竹侵人徑衣俱緑，葉落山房瓦半黄。』

田梅岑五言詩句

江都田梅岑登五言：『月明沙路净，雨歇稻花香。』『鬢冷窗侵雨，園荒燈引蟲。』『破扉猶入燕，老樹自生花。』

戴岳子五言詩句

戴岳子徵勝詩五言：『冰天寫疏樹，夕照閃昏鴉。』『衣競秋雲薄，顔輸晚葉紅。』『石破苔生縫，花濃月寫枝。』

戴杲來詩句

戴杲來源五言：『佛燈不滿壁，蟲語盡歸樓。』『蹇驢香草詩邊路，小艇春江畫裏身。』

陳鵬年等叙王樓村詩集

長沙陳滄洲鵬年叙王樓村詩集云：『樓村在江左，獨能輔詩以學，而不錮于習。其詩排奡陡健，能盤硬語，一洗吴音。』查悔餘叙云：『方若寬和宏藹，與人交必盡其歡忻，發爲吟咏，極筆墨之淋漓，而一擇于古雅。』濟南田山薑云：『余甲戌春重游都下，不復論詩，獨王子方若、殷子彦來剥啄造門，則不禁披衣以起，又復攘臂論詩。命觴浮白，歡然意得，夜分不能去。彦來之詩淵雅流朗，古人所謂「初日夫容，鏤金錯采」，庶幾兼之。方若齒壯于彦來，則以學力勝。元虞集自比漢廷老吏，方若有焉。』

史文靖叙《餘園詩集》

溧陽史文靖公叙繆少司空《餘園詩集》云：『嘗見佳時勝賞，襟裾交集，公于衆中拍浮引滿，掀髯四顧，旁若無人；擊鉢叉手，奚奴拂紙濡墨，數人不能給。』

卷八

禪智寺葺東坡斷碣

禪智寺東坡斷碣，王阮亭先生司李時，曾屬碩揆上人葺之。

鹿門子《五䂬》詩及程洴江『五䂬樓』

鹿門子以五泄舟、華頂杖、太湖研、烏龍養和詞陵尊，贈毗陵魏處士，作《五䂬》詩。程洴江太史以友人所䂬洪源方竹杖、一漚子琴、一漚子，明僧悟言號。綿津研、綿津山人研，有銘。五茸筆格、味諫壺同置一樓，因名『五䂬樓』，并記以詩。

宋犖率吴中名士賦詩

康熙三十九年臘月十九日，東坡生辰。商丘宋大中丞犖再莅廣陵，率吴中諸名士陳《東坡笠屐圖》于庭，致集中名物以祭，各賦詩侑焉。

王孟亭《研影圖》

王孟亭太守于揚州市得研，背刻髯翁笠屐像，酷肖孟亭，呼爲『影研』。因爲《研影圖》，風沂京兆題以詩。

程午橋《全唐詩》故事

王篛林太史有《惲南田山水》二十四幅，程午橋以《全唐詩》一部易之。寶應劉侍郎師恕爲歌以題其圖，未幾，亦以宣銅爐與王枚孫易《全唐詩》。

黄平山贈亦山舍人『楷瓢』

黄平山有瓢名曰『楷瓢』，亦山舍人一號一山以與己同名，索之。平山以贈，亦山乃稱爲『黄公酒瓢』。

顧書宣《二百四十本梅花歌》

顧書宣有《二百四十本梅花歌》，爲喬石林侍讀賦。

冒巢翁自號

冒[一]巢翁自號『射洪春酒主人』。

方石村自造『晴霞』酒

方石村觀察顧瑛嘗自造酒，甚佳，名曰『晴霞』。

高鳳翰爲田雲鶴作《烟霞泉石圖》

田雲鶴愛耽山水，嘗爲仙霞、武夷之游。高西園鳳翰爲作《烟霞泉石圖》。當時雅雨山人及黄彤章煒、鄭克柔燮皆爲之題。華陽史梧岡震林題云：『皓月心胸白雪才，敝裘難换歲寒杯。詩人願化山頭石，知是狂星墮地來。』

[一] 冒，嘉慶刻本、《文選樓叢書》本作『竺』。

吴公三自號『梅查』

吴公三均，江都老詩人也。家有舊酒器曰『梅查』。以梅根爲之，形類枯查，每引滿，陶然竟醉。遂自號『梅查』。

吴賓廬爲周確齋作《洗鶴》詩

周確齋生子，有餉鶴爲賀者，因名其子。吴賓廬作《洗鶴》詩。

史蕉飲『點蒼精舍』

史蕉飲典試滇南，清慎不受饋遺。解首鄭君以大理石屏几贈別，力却之。鄭泣涕不已，乃受而作詩以酬。歸構一室，以石貯内，顔曰『點蒼精舍』。

吴薗次長歌謝崔蓮生

吴薗次太守綺選刻宋、金、元詩，其板爲書賈所攘。轉運使崔蓮生爲之索還，薗次作長歌以謝。

王文簡賞嘆張還揚詩句

張還揚號木田，泰興詩人。王文簡嘗于顧書宣太史座間見其『畏事渾如鷁退飛』之句，賞嘆不置。

馬秋玉題方可村卷子

方可村[一]有《夢遊關塞》卷子，馬秋玉爲之題。

謝鍾山、江鶴亭鐵佛寺賦詩

鐵佛寺有古梅三株，中一株兼三色。康熙初，謝鍾山與友人飲花下，有『淡烟疏影夢瞿曇』之句。江鶴亭方伯亦嘗偕詩友于秋日集寺中看紅葉，賦詩終日，獨領荒寒之趣，恐後人無此胸抱也。

程風沂贈詩二首

陳定九倓以教職中狀元，年三十九。房師勵衣園先生年甫二十九，程風沂京兆盛脩作詩云：『三載凄凉冷署秋，此番高出衆仙儔。教官金榜非難事，難在蓬萊最上頭。』『雄姿英發妙初時，三十卿材認本師。衣鉢相傳作公輔，到來已是十年遲。』

[一] 方可村，底本誤作汪可村。見馬曰琯《沙河逸老小稿》卷一。

汪畏齋《題五世讀書園贈句》

儀徵汪畏齋天與爲新城王文簡公門人，《蠶尾續集》載有《題五世讀書園贈句》云：『前賢讀書處，五世尚名園。風雅持門户，弓裘到子孫。』爲畏齋作也。園在歙，畏齋高祖本歙人，最勝者爲悠然閣，董思翁題額。

張文和評汪畏齋詩

桐城張文和公云：『昔謝太傅謂《毛詩》三百篇，「穆如清風」句最佳。畏齋之詩，可謂「穆如清風」矣。』

戴勝徵《馬書周自泰州移家真州》詩

戴勝徵有《馬書周自泰州移家真州》詩。

顧書宣、查初白贈酒和詩

顧書宣太史以藥酒一罌餉查初白慎行，初白報以詩。書宣和之，又倒押其韵一首，邀初白繼和。

初白亦倒押和之，復以酒分餉唐君實、吴西齋，再叠倒韵索和。

顧書宣、繆澧南泛舟題詩

顧書宣、繆澧南兩太史嘗于臘月中在蘇州泛舟中塘，夜月如晝，風景温和。酒半陟虎阜，更就茶肆張燈火、理絲竹，興會風舉，各題絶句壁上。書宣有句云：『一段新聞傳説去，有人臘月作中秋。』

繆澧南爲顧花田二石作歌

顧花田有二石，一曰『賍酒石』賍酒，本元次山石魚湖詩，一曰『欹帆石』，繆澧南司寇沅皆爲作歌。

顧書宣等爲汪蛟門十二研齋作詩

汪蛟門比部有十二研齋，顧書宣太史曾有詩云：『研多無意更求田。』魏篁中亦有《息夏懷蛟門》云：『覺堂先生十二研。』汪舟次復作《十二研齋歌寄蛟門舍人》。

汪悔齋與《琉球刀歌》

汪悔齋太史楫奉使琉球，凡七宴，彼中每宴必跪獻一刀，同時詩人作《琉球刀歌》。

陸南圻《別晚清軒》詩

陸南圻鍾輝遷居金陵，有《別晚清軒》詩。復自金陵歸邗上，有句云：『不得營巢又借巢。』方小師士庶曾爲之作《晚清軒圖》。

陸南圻『心太平庵』

南圻病中葺小屋成，用放翁研銘『心太平庵』四字題爲額。

程香溪『今有堂』詩會

程香溪太史夢星今有堂前老梅爲風雨所摧，扶植無恙。同時詩友約往問訊，用楊誠齋『雨後曉起問訊梅花』韵。見《江松泉詩集》。

汪蛟門夢中爲『真賞樓』作聯

汪蛟門築真賞樓初成，夢歐、蘇兩文忠公命作聯。蛟門應聲曰：『登斯樓也，大哉觀乎？』遂用爲聯。康熙己未人日大雪中，集[一]郡中諸子飲此，走筆成四十韵，有云：『廿年心始遂，八字夢何因？』

王樓村咏喬密黃薔薇

喬密之園中有黃薔薇一本，咏者甚多。王樓村殿撰有七律二十首，一時傳誦。集中自存其四，其佳句云：『夕陽山淺回嬌額，春病人扶擁道妝。』

余葭白、厲樊榭同作《烘虱詩》

余葭白元甲與厲樊榭鶚同作《烘虱詩》數十韵，葭白有云：『始知策火攻，絶勝具湯沐。』

團雲蔚《都中贈方百川》

儀徵團雲蔚鴻《都中贈方百川》有句云：『得姓不妨相枘鑿』，雖傷太纖，然有意致。

[一] 集，嘉慶刻本、《文選樓叢書》本作『某』。

江玉屏咏水南花墅并蒂芍藥

水南花墅開并蒂芍藥，江玉屏立咏之云：『十二雕闌一逕深，將離作意倚同心。膽瓶剪取勤供佛，應降西方共命禽。』『雖得東皇寵最遲，翻階日影整相隨。情如合德偕飛燕，姊妹欹寒擁背時。』

史蕉飲續句成律詩

孫豹人、姚仙期、方爾止三家合刻詩，姚咏揚州一聯云：『小巷佳人鏡，高樓蕩子衣。』史蕉飲太史申義用此二句續成一律云：『寶瑟殷勤弄，花驄蹀躞歸。水中蓮并蒂，梁上燕雙飛。小巷佳人鏡，高樓蕩子衣。誰憐沈滿願休文小字，夜夜減腰圍。』

申笏山題張秋芷《年非圖》

張秋芷給諫取東坡『回頭四十九年非』之句，作《年非圖》，申笏山副憲爲之題。

閔蓮峰《論詩絶句》

閔蓮峰華《論詩絶句》有云：『廣陵前輩十餘公，出入王令變調中。若論詩篇推絶席，此間應讓顧花翁。」

汪畏齋贈繆澧南詩

繆澧南沅以編修督學湖南，過揚州，汪畏齋天與贈詩云：「楚材須玉尺，老眼似冰輪。」

張喆士《咏胭脂》

張喆士四科《咏胭脂》詩有云：「南朝有井君王辱，北地無山婦女愁。」呼「張胭脂」。

樊次白呼「樊八哥」

樊次白瑩花卉得宋元人筆意，尤精于畫鸜鵒，時呼爲「樊八哥」。

許夔門工詩善畫

興化許夔門煥工詩善畫，嘗作「畫梅」横幅于上方禪智寺，題四絶句，頗括寺中諸勝。筆法蒼健，晚年杰作也。今畫幅尚存寺中客堂。

法海道場鴛鴦蓮

法海道場池内鴛鴦蓮，紅白各半，安拜齋爲之圖，賀吴村因以刻石。同咏者銀州鄭之輝，白門秦大士，餘不沈雙承，烏程温鶴立，歙縣莊采，釋實如。

朱竹垞題朱雪鴻梅花手卷

江都朱雪鴻顯祖有梅花手卷，朱竹垞題云：『空裏疏花淡更香，珊瑚水底尺難量。只應翠羽三更月，卧看横枝如許長。』

朱刊樵爲吴似庵繪《飛鳴過我圖》

吴似庵閣上有群鶴來翔，朱刊樵爲之繪《飛鳴過我圖》，左自衡作詩紀其勝。

顧莊山爲左自衡十琴堂紅梅繪圖

左自衡十琴堂前紅梅四月放花，顧莊山爲之圖。

禹生繪《三益圖》

禹生之鼎善寫真，繪李艾山沂、陸懸圃廷掄、徐槐江□于山間，名《三益圖》。

汪元長作《玉輪圖》

馬經畬振仲，半查之子。始冠之年，仁和杭太史世駿贈以玉輪，汪元長爲作《玉輪圖》。

吴文埜自畫《秋棚蔚豆圖》並繫詩

吴文埜自畫《秋棚蔚豆圖》，繫以詩云：『一棚豆雨潤秋原，堪讀閑書老蓽門。便有蟲聲過幽耳，滿衫酒濺草中痕。』

張喆士題詩二首

張喆士四科有《題方秀才士庶畫讓圃老樹圖》，又有《題高郵女子髮綉大士像》二詩。

顧書宣《春江草堂圖》

顧書宣太史圖河有《春江草堂圖》。

汪舟次屬戴倉作《五子樽酒論文圖》

汪舟次楫與郃陽王幼華、泰州吴野人、江都孫豹人、郝羽吉五人皆以詩文相友善，屬戴倉作《五子樽酒論文圖》，各有題句。

王阮亭、王西樵所繪圖

王阮亭小像有《天女散花圖》《抱琴洗桐圖》，王西樵有《長齋綉佛圖》《西湖三舟圖》，汪舟次皆題之。

徐健庵《論文圖》

徐健庵有《論文圖》，畫與姜西溟、汪蛟門共坐，門人高西白侍。舟次題以詩。

汪蛟門《少壯三好圖》《聽瑟圖》

汪蛟門比部效蕭琛作《少壯三好圖》，謂音律、詩、酒也。顧書宣太史有詩云：『胸中檢點惟三好，名酒嬌歌百卷書。』圖今在秦敦夫恩復編修家。蛟門又有《聽瑟圖》。

項水村僑寓秀水

項水村夢昶，江都貢生，僑寓秀水。賃祝氏緑溪莊之半，有紅蕉山館、蘋風竹雨軒。春秋佳日，與朋好觴咏其中。山陰訓導曹仲謀秉鈞藏其所題《諸草廬宫黄高松對論圖》。

馬秋玉繪《燕堂奉母圖》

馬開熊母汪甫及笄，有孤燕來巢窗前，其家皆惡其不祥。未數日夫死，未昏守貞數十年。撫爲後，子有成。内外親戚名其堂曰『燕堂』，秋玉徵君爲畫《燕堂奉母圖》。

葛星濤自號『憨牛』

葛星濤崙自號『憨牛』，程之紳《吊裔烈娥》詩云：『獨有葛憨牛，不肯泯幽致。』

宗定九時呼「宗郎梅」

宗定九元鼎好梅，堂前有古梅一株，愛護最力，未有折一枝者。時呼爲「宗郎梅」。

張軼青「著老書堂」詩

張軼青世進于著老書堂新築露臺，同人共賦詩落成。軼青句云：「滿意要看初夜月，無心招得隔江山。」陳竹町章句云：「晴來一面看山色，秋到全家坐月明。」

喬介夫爲殷彦來《桐軒圖》題詩

殷彦來譽慶藏有新城王文簡公手書詩册，寶應喬介夫崇修題其《桐軒圖》詩云：「生死從教老蠹魚，一編那復記三餘。手中卷帙吾能説，莫是漁洋細字書。」介夫爲石林侍讀萊第三子，其家縱棹園，四方名人題咏共六十二首。介夫有絶句云：「濡豪欲和一篇難，輸爾風迴海上瀾。恰似龍門高氏本，唐音四五卷中看。」按，高廷禮選唐詩，四、五兩卷皆六十二首，運事求切如是。

黄北垞、杜補堂贈答詩

杜補堂甲官杭州太守，歸田後，黄北垞贈以詩云：『擬牽舴艋隨波去，細約蘋花下釣筒。』補堂答之云：『何日牽波去？烟波共釣綸。』

陶澂詩事

陶澂本字季深，後專字季，乃以陶季著名。嘗與海寧陸冰脩、秀水徐勝力雪後集王阮亭寓齋，用淵明詩『傾耳無希聲，在目皓已潔』爲韵，各賦十首。後六年，季晤冰脩，答以詩云：『踏雪曾過米市東，入門匡坐地爐紅。傾觴笑語詩成後，燭跋三更又朔風。』

趙士麟、何義門贊嘆魏篁中爲文

魏篁中嘉琬爲文，波流瀠洄，頃刻百變。康熙丙子，舉江南鄉試第十九人。丁丑會試不第，少宰趙公士麟見其遺卷，嘆曰：『具此美才而被放黜，文字果不能言耶！使我得總裁其事，必元首南宫矣！』後以嘔血夭没。長洲何義門焯見其制義，把卷嗟誦曰：『東坡有言，其清可以仙，其寒亦足以死。君文其是乎？』

喬崇烈賦朱竹垞《水帶子歌》

康熙乙丑間，高、寶水決，人每以水帶子自隨。朱竹垞有《水帶子歌》，爲喬孝廉崇烈賦云：『刮磨者匠鬃者工，惟智創物變乃通。置之兩腋下，絡頸雙青縷。中流踏浪如御風，過涉不愁滅頂凶。』按，水帶上有二繩，乃繫兩股，非絡頸也。余嘗製此，分給水師將士。竹垞不知用法，故有誤也。

吳薗次作《唐多令》

吳薗次太守綺罷官後，遊于嶺南、三楚。嘗舟阻磊石，作《唐多令》一闋，焚禱于洞庭君，是夕得南風以濟。復以詩謝神云：『新詞一闋化湖濱，夜半驚濤似有因。安得神明長借力，盡吹天下欲歸人。』

張軼青鑄『清俸杯』

張軼青世進爲潁川阜陽縣校官，薪水之費，皆取諸私橐。積俸十餘金，歸時以鑄一杯，王梅沜名之曰『清俸杯』。

李基簡齋名爲『蟄室』

高郵李基簡，字雪鄰，名其齋曰『蟄室』。

劉雨峰《緑窩》詩

劉雨峰太守中柱自題其室曰『緑窩』，有《緑窩》詩。

戴南枝《嚴子陵釣臺》詩

吴中戴南枝有《嚴子陵釣臺》詩三千首，見高郵李百藥必恒詩。

仲解元工于賦物

泰州仲解元鶴慶工于賦物，《白秋海棠》詩云：『紅雨夜寒都是夢，水田衣薄別成妝。』又《咏鏡》云：『豈無消息改紅顔。』皆極工妙。

申笏山齋名由來

申笏山甫取薛野鶴『人家住屋，須三分水、二分竹、一分屋』語，名其齋爲『三分水二分竹書屋』。錢稼軒司寇維城爲作圖。

張軼青《分詠揚州歲除節事》詩句

張軼青《分詠揚州歲除節事·得祀床婆》云：『我求高卧穩，聊爾致殷勤。』

李佳士賦詩復任太湖縣

寶應諸生李佳士環岡以武英殿纂修知懷仁縣，因公罣誤。觀察晏公以秃筆、鈍劍、破琴、病馬四題，命之作詩，乃復任太湖縣。

僧藥根投洪姓商人詩

僧藥根工楷法，商人洪姓者欲買其庵旁隙地爲園。藥根投以詩云：『自笑蝸廬傍寺開，鄰園樹木迴崔巍。儂家院小難栽樹，但有青青一片苔。』洪知其意，乃止。

周櫟園有舟曰『就園』

周櫟園名其舟曰『就園』。江都王漢恭光魯有詩，汪舟次亦有《就園酌酒與櫟下老人歌》。

汪恬齋移栽白蘋花

白蘋花始自吴興，江都陂澤中亦有之。汪恬齋得數十本，移栽盆盎，清致無雙，同人喜而賦之。

許損齋之『破硯齋』

儀徵許損齋謙蓄有破硯，嘗自咏之，名其齋爲『破硯齋』。

顧圃翁《閑徵雅令》

顧圃翁永治集五代詩人『飲句』共三百六十，名《閑徵雅令》；取香山『閑徵雅令窮經史』句也。

李艾山作《紫藤歌》

李映碧清自江南移紫藤一株植齋前，弟艾山沂作《紫藤歌》。

馬秋玉昆仲金陵移老梅

馬秋玉昆仲嘗從金陵移老梅十三本植于山館，一時詩人皆有詩。

顧書宣《論書詩》百韵

顧書宣爲人求汪覺堂書，因共評書法，繙閲藏本，得《宋潛溪論文詩》一册，凡八十韵。書宣作《論書詩》一百韵敵之。

卞古山齋名『坐看書屋』

卞古山司馬澍宦游三十年，歸老真州，名其齋爲『坐看書屋』。

張南垞詩稿《春草集》

陶鏡堂贈張南垞詩云『詩情似草隨春長』，南垞因名其詩稿爲《春草集》。

宫杜洲熔鐵束石刻

宫杜洲懋讓爲山東諸城縣令，琅邪臺秦石刻將裂，杜洲鎔鐵束之，至今巋然。

汪默人答汪對琴詩

汪默人淳修别墅名『不波舫』，長夏荷花盛開，默人静處其中，持齋奉佛。汪對琴比部寄詩問近况，默人以墨數丸答之，係以詩云：『寄遠自知無長物，須參可是墨磨人。』

宫紫懸自號『桃都漫士』

泰州宫紫懸偉鏐自號『桃都漫士』。

葉詠亭『誰莊』

葉詠亭天賜本歙人，移籍江都，工詩善書法。名其居曰『誰莊』，一時名流題咏殆遍。其莊實在歙，不在揚也。

程香溪追撫《側商調・古怨》

馬嶰谷以宋姜白石所製《側商調・古怨》，囑程香溪太史追撫之，三日而成聲。

胡香山《瘞蕉》詩

如皋胡侍御香山嘗于冬月取芭蕉枯葉瘞之，作《瘞蕉》詩。

夏醴谷『木瓜酒』詩及戴石桴『女兒紅』詩

吾郡酒以木瓜著名，蓋釀熟以木瓜漬之也。出高郵者尤佳美，夏醴谷檢討之蓉見之于詩，云『鄉味江干木瓜酒』是也。又里俗呼初春時微紅色蘿蔔爲女兒紅，戴石桴勝徵詩云：『揚州蘿蔔女兒紅，叫賣成筐滿巷中。一樣人誇好顏色，桃花無語黯東風。』

鄭板橋銅菩薩庵

鄭板橋明府燮答泰州田上舍雲鶴云：『昨買一小園，在水中央；又得銅菩薩像五枚，意欲改此園爲「銅菩薩庵」。』

李艾山自號『壺庵』

李艾山沂夢一男子持扇，題曰『玉壺澄澈，冷貯本色』，因自號『壺庵』。

江賓谷寄書家人

江賓谷在楚中，寄書家人山莊栽樹，云：『老去菟裘身後冢，他年都要此中來。』

孫同郊《拜伊園墓》詩

高郵夏伊園廷葖致書孫邃人云：『最難忘者，廣陵風雨耳。』邃人孫潮生同郊有《拜伊園墓》詩云：『世以青衿悲國士，天將白雪付詩人。』

鄭板橋以正書雜篆隸

鄭板橋少爲楷書，極工，自謂世人好奇，因以正書雜篆隸。又間以畫法，故波磔之中，往往有石紋、蘭葉。

經師誠酒中譚論經史

經師誠綸素豪飲，酒中譚論經史，亹亹不倦。嘗有詩云：『布衫只爲囊書破，土灶時因煮酒紅。』

束柳堂《送汪岱巖之楚》

束柳堂智湧至性過人，于兄弟朋友之間，倍多綢繆悱惻之致。《送汪岱巖之楚》七律有句云：『客中送客難爲别，君去思君可奈何？』雖不雕琢，而一往情深可見也。

李松蘿《雙桐閣詩草》

儀徵李松蘿仙椖詩筆幽遠，有《雙桐閣詩草》。五言如《咏秋海棠》云：『羅袖西風冷，明妝夜雨寒。』《偶成》云：『醉客酒無力，觸簾風有楞。』《咏梅》云：『淡極色如空，幽深香欲無。』七言如《枕上詞》云：『檀板拍殘千里夢，玉簫吹徹滿城秋。』《暮春》云：『罷酒客情長似醉，倚床孤夢亦多違。』《寄兄》云：『客情自覺冷于水，鄉夢應知亂似絲。』

秦來劭《休園重葺》詩

秦來劭之俊有《休園重葺》詩云：『傑閣百尋淩石巘，奇花無數擁樓臺。』

王樓村佳句如林

王樓村殿撰式丹生平詩篇極富，雖遇衰颯題，出語亦無窮蹙之音。是以晚年大魁，佳句如林，莫能盡述。粗記其佳妙者，如五言云：『太虛分夜籟，下界隔朝烟。』『野舒雙眼白，秋剩一花紅。』『雲花檐際落，蔬筍句中删。』『佛名頻可數，書癖漫成痴。』七言如：『不栽高樹鶯稀到，才著輕花蝶便知。』『良吹一簾飄夜露，孤雲兩角墮秋山。』『檢方取次删除病，倚杖從容領略閑。』『曉尋花墅雲迷屐，夜卷銀河瀉酒杯。』『姓名赫面通生客，鬚鬢驚心對故人。』『展卷古人爲主客，教歌清興在江湖。』『何日才回橄欖味，于今同佩蕙蘭香。』『月臨西嶺飛寒魄，花嫁東風試晚妝。』『安排峰色迎初日，裁翦花枝待好春。』『一談一笑都元氣，某水某丘無俗情。』『誰識孤踪緣地癖，從來逸品貴知稀。』《即咏紅葉尚有》云：『天垂霞彩群峰合，路入桃源古洞深。』又云：『錢氏一山蒙錦綉，石家七尺碎珊瑚。』

陸吴州自稱『雙虹老人』

陸吴州舜督學浙江時，于陸宣公祠旁立西湖講舍。晚與張詞臣同居泰州之三里塘，因取李太白詩『雙橋落彩虹』句，名其堂爲『雙虹堂』。晚年不忘故友，自稱『雙虹老人』。

劉雪舫流寓高郵

劉雪舫，明新樂侯弟也。侯以殉國死，雪舫乃流寓高郵，貧老無子。吴萬子世杰與同人謀之，爲之置妾。

卷　九

吴薗次號『紅豆詞人』

吴薗次綺工于駢儷，尤善填詞。所爲小令，兒童女子皆能習之。有毗陵閨秀日誦其『把酒屬東風，種出雙紅豆』二語，以爲秦七、黄九不能過也，因號爲『紅豆詞人』。

鄭中翰时呼『春柳舍人』

鄭中翰澐《新婚北上，留别閨中》云：『年來春到江南岸，楊柳青青莫上樓。』情韵絶佳，時人呼爲『春柳舍人』。

郭元釪題史文靖公《歸娶圖》

康熙庚辰間，史文靖公年才十九，行親迎禮于揚州許氏，畫《歸娶圖》，一時題咏甚盛。詩之最佳者郭元釪云：『采燈十道簇香輪，花滿游纓踏路塵。似有路人傳盛事，公然許史是天親。』

厲樊榭作《碧湖雙槳圖》

厲樊榭鶚久客揚州，由湖州納姬歸杭州，名曰『月上』；作《碧湖雙槳圖》，揚州詩人多題之。

顧超宗醉吟絶句

興化顧超宗鳳毛，年九歲即和謝惠連《秋懷》詩。嘗于某席間聯句，押花字韵複，主人囑其改，超宗醉不能就，主人乃命兩歌者迫之。超宗吟一絶句云：『伊吾杜甫鬚頻斷，褦襶温岐手自叉。莫道詩人才思竭，筵前原是一雙花。』

顧超宗舉龜飲故事

超宗聰敏强記，嘗飲于汪對琴員外家，杯盤狼藉，時辭不能飲。或曰：『能舉一龜飲故事，則請代之。』超宗應聲曰：『《史記·龜筴傳》言，「養而飲食之」，非龜飲乎？』衆服其敏。

吴薗次六歲有《山中吟》

吴薗次六歲能詩，有《山中吟》曰：『山溪清淺山花紅，抗首高歌和曉風。俗事回頭君莫看，不如沉醉此山中。』識者以爲卓然風塵之外。

朱直方九歲工吟咏

朱直方九歲工吟咏，每有驚人之句。如『鳥啼花裏聲，詩成夜氣凉』。殆非尋常人語。

李孝臣九歲誦經史

高郵李孝臣惇，幼時聰穎過人。九歲入義學，誦經史一目不忘，卒成經學宿儒，惜所著不傳。元嘗聞王給諫念孫述其讀《洪範》『子孫其逢』逢[一]字絶句，與『從同』爲韵，逢，大也，極爲精確，足見一斑。

[一] 逢，嘉慶刻本、《文選樓叢書》本作『二』。

汪中幼年孤貧

江都汪明經中幼年孤貧，家無書籍，于書肆中借閲，過目能記。既而販賣書籍，且販且誦，遂博覽古今文史。

謝鍾山善吹洞簫

謝鍾山瑜善吹洞簫，蔣天馭以家藏紫簫贈之。謝命家部老伶品其聲，以爲體質輕薄，故是佳器。鍾山因名爲『紫竹桃花管』，蓋唐人有『輕薄桃花』之句也。

宗梅岑渡江遇盜

蜀岡司徒廟祀五司徒，相傳靈感舊矣。宗梅岑嘗渡江遇盜，忽風沙中恍惚見五神狀驅盜散去。汪蛟門記以詩云：『余友宗梅岑，孤舟涉江滸。群盜欲肆虐，司徒默爲護。感應理有之，陳詩神其吐。』

徐德音作詩別亞清

徐德音，仁和清獻公女孫。幼衣男子衣袴，隨祖父長揖賓客間。遇賓僚賦詩，亦與之。時同邑女史林亞清倡蕉園吟社，頗以縑素相往來。會德音歸江都許荔生舍人，亞清亦遠去河南，遂彼此隔絶十餘年。後各隨其夫官京師，始得把臂相倡和。又有黄夫人雲儀者，亦會于京師。未幾，雲儀没，德音隨荔生返邗上，作詩別亞清云：『宣南税宅接芳鄰，忽漫相逢意倍親。紅燭聯吟思雨夜，青尊祓禊憶花晨。情兼聚散襟懷异，誼感存亡涕泗新。最憶虞翻囊昔語，除君知己更何人？』既歸，舊居爲姻戚所居。當時庭下海棠一株尚存，感而爲七古以賦之。中云：『村童旋舞踏香泥，老媪椎髻插如草。仙姿原合伴優曇，惆悵低回難負擔。痛汝無言猶值此，顧余多恨又何堪？』又嘗和茸城蕭大家《弄珠樓題壁》詩，有『菰烟蘆雪蓼花風』之句。顧啓姬以七字爲韵，作詩懷之。

徐延香爲父正拍

徐石麒，北湖人，字又陵，號坦庵，工于詞曲。每成一曲，高吟，令女延香聽之。有不合聲律處，延香爲之正拍。延香名元端，有《綉餘吟》詩餘一卷。王文簡《池北偶談》稱其『入李易安之室』。

金兆燕作《遊文園孝女賣卜養親歌》

游姓女郎隨其父在紅橋東斗姥宮後門外，賣字卜以養其父。金椶亭教授兆燕過而見之，作《游文園孝女賣卜養親歌》，一時和者將百人。潘雅堂比部純鈺詩最佳，内有云：『得錢告父母，父母喜更悲。豈期一日養，仗此小女兒。春風軟綉街，秋雨垂楊道。每蒙長者憐，詎免狂且擾。女亦不畏擾，女亦不受憐。但祈親腹飽，何損女節堅。』後椶亭詩爲兩淮都轉倉公聖裔見之，遂延入署教其女孫。椶亭復爲之媒，嫁于士人，得其所。

汪中妻孫氏工詩

汪容甫明經中元配妻孫氏工詩，有句云：『人意好如秋後葉，一回相見一回疏。』

汪舟次賦《女羅篇》

冒巢民襄有蔡姬，杜茶村贈以字，曰『女羅』。汪舟次楫爲賦《女羅篇》。

郭元釪之妹《寄兄詩》

郭于宫元釪之妹適于吴，有《寄兄》詩云：『如登大雷岸，應有寄來書。』

方石川《寄内》詩

鄉俗報捷，例用紅綾書賞帖。方石川覲舉鄉試時，倉卒中，其婦截衫袖充之。家人戲云：『留取一半，待明年會榜。』及石川成進士，《寄内》詩云：『餘寒料峭連朝甚，憶殺麟衫兩袖紅。』

冒辟疆諸姬人事跡及諸文人所題詩

冒辟疆姬人董小宛者，名白，一字青蓮。以文慧事辟疆，嘗佐辟疆選《唐詩全集》；又另録事涉閨閣者續成一書，名曰《奩艷》。又有手書《唐人絶句》一卷，落筆生姿，杜于皇極贊賞之。辟疆嘗挈家避難渡江，屢瀕于危，小宛不以身先，則願以身後，云：『寧使賊得我，則釋君。君其問我泉府耳。』中間知計百出，保全實多。後辟疆雖不死于兵，而幾死于病。小宛侍藥，不間寢食者百晝夜。吴梅村《題小宛像》詩序云：『奔迸流離，纏綿疾苦，支持藥裹，慰勞羈愁，苟君家免乎？勿復相顧，寧吾身死耳！遑恤其勞，蓋紀其實也。』華亭周壽玉積賢有《悼小宛》賦一篇，極能擬子建者。又辟疆姬人繼小宛後者，有蔡女羅含，嘗學繪事，工蒼松、墨鳳、山水、禽魚、花草，與金姬曉珠稱兩畫史。吴薗次《謝女羅畫鳳啓》云：『借丹穴之靈毛，圖成比翼；用紅窗之偶影，繪作雙棲。』錢武子德震、張儒子圯授皆有《墨鳳歌》。戴洵有《得全堂觀畫松歌》，句云：『憑君卷藏畫笥裏，晴空恐有蛟龍起。舒張鱗爪挾以飛，吸盡蓬萊清淺水。』李書雲亦有詩云：『咏絮才高兄子句，簪花格擅美人工。小窗閑作丹青譜，身在花香百和中。』金曉珠者，名玥，昆山人，與蔡女羅繼董小宛侍辟疆。蔡早逝，爐香茗碗，辟疆賴之。嘗刲股進藥，使七十八老人再生。汪舟次楫跋《巢民楷書〈洛神賦〉、曉珠手臨〈洛神圖〉》卷後云：『玉峰仙子，畫嗣虎頭；金粟後身，書工蠆尾。置兩君于异地，並可空群；聚二美于一堂，斯稱合璧。園名水繪，宜來河洛之神；翁是巢民，應集鸞皇之侣。呼宓妃而欲出，誰誇北殿維摩；驚褚令之猶存，不數南宫博士。』吴薗次《乞曉珠畫洛神啓》云：『金鏤遺魂，夢感陳王之枕；采旄含態，香生王令之書。人但賞其清詞，世罕傳于妙蹟。何期藻管，近出蘭閨；花欲言情，波如動影。依稀蓮襪，凌千頃而姗姗；仿佛桂旗，望三秋而渺渺。想見臨池染翰，原借照于當身；定知拂鏡穿衫，必含情于微步。』又《題曉珠畫〈盗盒圖〉》臨江仙一闋云：『雪夜燒燈浮緑酒，西園賓客重來。掃眉人有不凡才，筆床翡翠，妝罷寫幽懷。　兒女英雄誰復問，人間多少塵埃。解圍忙煞小金釵。神仙來去，一葉墜庭階。』王阮亭尚書亦有《題曉珠雜畫》三絶句。又汪蛟門有《題巢民玉山夫人臨〈薛少保稷十一鶴圖〉》詩云：『少保青田姿，能爲鶴寫真。意思本冰雪，自然無纖塵。豈知千載後，乃有如花人。重貌十一鶴，磊落意態新。高步肆飲啄，一一傳其神。我聞水繪翁，近與猿鶴鄰。閨中兩小妻，莊如舉案賓。持此前上壽，勸酒寧辭頻。飢茹黄公芝，渴飲長沮津。低頭看雁鶩，紛紛焉能馴。』『玉山』疑即金姬，蓋金名玥，玉山或其别號耳。又董小宛侍兒扣扣，姓吴氏，名湄蘭，字湘逸，真州人。十三四即能誦《文選》。辟疆嘗授以杜詩《北征》，僅三遍即覆卷成誦。又偶取架上史書一帙，乃《晋史·石苞傳》，令讀之。扣扣不錯句讀，并能疏解意義。此殆有宿慧者，惜早卒。陳其年檢討爲之傳。

周瓊爲『匿峰廬』題句

冒巢民晚築一室曰『匿峰廬』，西泠女史周瓊題句云：『滄海煉身猶竦骨，鹿蕉覺夢更清狂。』

王璐卿《落花》絶句

《古夫于亭雜録》云：『余在泲南明湖，倡秋柳社，廣陵李季嫻、王璐卿亦有和作。』按，璐卿字綉君，通州人也。迦陵《婦人集》載其《落花》絶句。又有一絶云：『春寒日日雨如絲，草滿離亭水滿陂。寄語東君須著意，惜花人去未多時。』風神殊婉。

黃谹圃妻工詩善畫

楚人黃谹圃妻陳氏，號爽軒，江都女士也。工詩善畫，嘗作《秋海棠》，調鉛殺粉，吹氣可活。其《送谹圃赴選》云：『太平天子文章重，清白家聲夢寐安。』極得《三百篇》温柔敦厚之旨。《春夜雨窗》云：『雲偷三鼓月，風嫁一園花。』

吴蘭次妻女均善詩

吴蘭次太守夫人黃氏，所稱江夏君也，詩詞皆工。有女名吴，適江辰六孝廉。有《喜得家宜人書》一絶云：『望盡停雲不見家，忽傳錦鯉到窗紗。開緘瞥見平安字，不負蘭釭一夜花。』辰六博學清才，爲山抹微雲之婿，賦秦淮贈答之篇，洵一時佳話也。

施愚山妾《寄北》詩

施愚山先生妾徐珠淵，江都人。先是其母欲嫁貴家，兒泣曰：『兒願得侍文人，爲東坡之朝雲足矣！不願富貴也。』愚山聞而納之。其《寄北》詩云：『雨滴梧桐秋不堪，憶君誰共接清譚。老天如識妾心苦，北地風霜盡入南。』詩雖不工，而意殊婉篤。愚山有和詩，存集中。

草衣道人詩亦如其爲人

揚州女俠草衣道人王微，有紅妝季布之風，詩[一]亦如其爲人。嘗從西湖入雲間，人或迹之，已峭帆泖塔矣。西泠有句云：『桃花得氣美人中。』又五言云：『窗中人息機，風雪初有聲。』余以爲不減前人『雨止修竹間，流螢夜深至』也。

程蒿亭《鄰婦行》小叙

程蒿亭《鄰婦行》小叙云：『召埭張氏女，性淑貌莊，能爲小詩。年及笄，歸同里某農家子。女唯日寄雅言，間亦從夫勤田間事。乙酉首春偶出埭西，有客持所爲《秋日牡丹》詩，頗悲摇落。』

王阮亭、邵青門題冒巢民歌童詩

冒巢民歌童紫雲，色藝冠流輩。陳迦陵太史畫其小影，同人題咏甚多。阮亭詩所云『法曲自從天上得，人間那得紫雲回』者也。又有楊枝，亦極妍媚。後二十年，楊枝已老，其子尤豐艷，因呼『小楊枝』。邵青門題其卷云：『唱出陳髯絶妙詞，鐙前認取小楊枝。天公不斷消魂種，又值春風二

[一] 詩，嘉慶刻本、《文選樓叢書》本作『韵』。

月時。」

羅兩峰妻著有《白蓮半格詩》

羅兩峰聘，烏程令愫之侄也，以詩畫名。妻方婉儀，字白蓮，亦能畫梅、竹、石，著有《白蓮半格詩》。子女亦皆解畫。鉛山蔣心餘太史有詩云：「兩峰爲夫，白蓮爲妻。兒能紹詩書，女有芳淑儀。」兩峰嘗自畫《鬼趣圖》，備極游魂陰慘之狀，海内名人題之殆遍。

魏篁中、余葭白有詩紀江中巨魚

焦山僧言，夜見江中巨魚，鬚竪如雙柱，又有物四足如龍而無角，又有大黿常浮湛于江滸。魏篁中、余葭白皆有詩紀之。

薛藹人和羅兩峰詩咏返魂梅

儀邑城外數里準提庵有老梅，康熙末枯去，四十餘年復活。花時古香异常，人目爲返魂梅，題咏者甚多。薛藹人和羅兩峰詩云：「寂寞春江上，孤標孰與同。幽情何處著？清夢有時空。魂返仍依月，香浮不礙風。横斜常自在，老矣梵王宫。」

史蕉飲自注《自贈》詩

江都史蕉飲編修《自贈》詩云：『偷果時時見白猿。』自注：『予孩時坐卧，有一猿相隨，時尚未能言。漸長，家人告予有怪舞瓶盆空中，善盗物。予追記，皆猿所爲也。四五歲後不復見矣。』

張天其唱酬之地『問津園』

日涉園已鬻他姓折毁，且伐及群木。張天其感有异夢，售以厚貲，園不廢而樹亦存。更名問津園，遂爲唱酬之地。

汪蛟門夢中占七絶

汪蛟門夢行沙水上，見一井亭中白氣上騰如縷，旁有老猿守之。自言止宿井中，井水甚甘，欲煮以酌。時風雪大作，欲辭去，猿忽僧帽方袍，揖而固留。又一道士來，相與對坐，猿侍于側。因口占一絶云：『洞裏袁公亦太奇，白頭深著道人衣。丹砂煮就要人喫，大雪漫天不放歸。』

李木庵復業李文定故宅

郡城李文定故宅自明以來已更數主。康熙戊寅，李木庵[illegible]復業，中堂懸有角燈，雙燕巢于燈鈎之上。木庵賦詩，同人和之。

朱秋崖賦《客氏行》

順治末，燕市鬻故書者賣一敝剌，大書『客氏拜』三字。寶應朱秋崖克生以三文錢得之，賦《客氏行》。喬劍溪億、方西疇士[illegible]俱有《客氏拜》詩。

喬白庵移植百年牡丹

寶應張翁有牡丹二株，百年矣。值大水，喬白庵移植碧落軒中。是夕夢二老對談長生之術，朱書大字『髣髴有東風，吹徹羽毛豐』之句。覺而异之，薦以酒肴，爲詩以紀其事。

朱克宣著《運甓集》

寶應朱克宣，字元膺，老于詩，著《運甓集》。有珍藏先人手卷，臨没時抱于懷，命殉葬。家人違其意，三日附魂于老嫗，索之甚厲。家人以示之，奪執手中，泪如湧泉。

李孔昭《莫愁湖絶句》

江都李孔昭德音、儀徵程一亭贇普同年同月生，同日入泮，同日試第一食餼。生平所歷，無一不同。一亭死，孔昭時無疾，語人曰：『吾將死矣！』未一二月果然。是亦奇矣。孔昭能詩，有《莫愁湖絶句》云：『蒼天特欲破愁城，一抹平湖獨著名。若是盧家無少婦，夕陽芳草不關情。』詩意頗類南宋人。惜詩稿散失，不可多見。

張喆士《里中三异人》詩

張喆士集中有《里中三异人》詩，張風子、靳毛頭、楊姑姑也。遺山《中州集》有『三异人』之名。

僧湛汎《咏菊》詩

僧湛汎，字藥根，有《咏菊》詩云：『我有慈親今鶴髮，年年益壽向伊謀。』趙侍御青藜以爲《蓼莪》嗣響。

王樓村送劉雨峰守真定詩

王樓村修撰式丹幼年夢爲真定守，與劉雨峰中柱對飲天寧閣上。四十年後，雨峰果守真定。王送以詩云：『牽裳遥指天寧道，四十餘年夢始醒。』

陳泗源背誦韵書

相傳陳泗源太史厚耀爲蘇州教授，時值學使者按臨，衆教職排立座右。太史衣鈕忽吐五色花光如牡丹，少選詔書至。又傳太史能背誦韵書，一字不倒錯。竊謂二事皆附會，太史之足重，不在此也。

鄭板橋圖章皆出沈凡民、高西園之手

鄭板橋圖章皆出沈凡民鳳、高西園鳳翰之手。如『板橋道人』，如『十年縣令』，如『雪浪齋』，如『鄭大如爽鳩氏之官』，如『所南翁』；後如『心血爲爐鎔鑄今古』，如『然藜閣』，如『游好在六經』，如『畏人嫌我真』，如『恨不得填漫了普天饑債』，如『直心道場』，如『思貽父母令名』，如『乾隆東封書畫史』，如『濰夷長』，如『鷓鴣』，如『無數青山拜草廬』，如『私心有所不盡鄙陋』，如『揚州興化人』，如『變何力之有焉』，如『樗散』，如『以天得古』，如『老畫師』，如『敢徵蘭乎』，如『七品官耳』」，皆切姓、切地、切官、切事。又有云『康熙秀才雍正舉人乾隆進士』」，至有一印云『麻丫頭針綫』」，則太涉習氣矣。

鄭鴻《偶成》詩

真州鄭鴻，字秋影，張南垞之侍史也。能詩，年僅二十死。《偶成》云：『閉門却到夕陽斜，自笑茅檐類小車。偏是西風最多事，書聲偷送到鄰家。』

葉詠亭泛舟邵伯堞下

葉詠亭天賜年二十一，泛舟邵伯堞下，假寐時，夢故友某謂之曰：『此地考試，吾爲子報名備卷矣。』詠亭欣然從之。入見王者據案，諸少年作詩于旁舍。少頃卷交，王謂詠亭詩佳，將婿之，欲其改年爲十九。詠亭正色曰：『吾遺腹子，百五十日失怙，母守節，兒年何敢改？』王者竦立曰：『君孝子，吾不敢褻。』乃寢。及夜風大作，鄰舟覆，一少年死于水。

成安若《皖游集》

竇應成安若康保《皖游集》載：『太平寺中一豕，現婦人足，弓樣宛然，同游詫爲异。余笑而解之曰：「此必妒婦後身也！人彘之冤，今得平反矣。」因成一律，以《偶見》命題云。』憶元幼時，聞林庾泉云，曾見某處一婦不孝其姑，遭雷擊，身變爲彘，惟頭爲人，後脚猶弓様焉。越年餘，復爲雷殛死。始意爲不經之談，今見安若此詩，覺天地之大，事變之奇，真難以恒情度也。惜安若不向寺僧究其故而書之。

王讓亭《瑞雲峰歌》序

甘泉王讓亭楠《青箱堂詩稿》中，有《瑞雲峰歌》。其序云：『峰乃明時徐問卿泰時東園中太湖石也。相傳爲朱勔所鑿，才移舟中，石盤遽沉，遂不果行。後爲南潯董氏購去，中流船亦覆，募善泅者數百人取之，石乃躡盤而出，最後歸東園。園故有石屏二十丈，名甲吴會，得此尤稱鉅觀。余至吴即訪東園遺址，不可復識，而峰巋特立于市民家，乃悲而爲歌。』周采巖瓚，吴縣人，云此石于乾隆間，蘇州滸墅關監督已自民家買得，安置于蘇州行宫矣。據采巖云：『石極玲瓏，高二丈餘，闊、寬不能及丈。其盤亦天成，高丈餘，極透漏石也。其合筍處亦天成，非人工也。』

王樓村頂有异香

王樓村殿撰生而頂有异香，經月不散。

宮紫陽《庭聞州世説》

康熙辛巳夏，界首人夜半起，見火光燭天，大駭。徐察之，則起于氾光湖中。次日問之，漁人曰：『此珠光也，近歲頻年見之。』泰州宮紫陽《庭聞州世説》云：『高郵珠湖有珠，珠出時，人從城樓竊視，蚌殼半規，若小船泛湖上，一翅竪起若船篷。』

卷十

王予中與喬楮堂父子

王予中太史懋竑省試，喬楮堂畫枸櫞一枝相贈，題一絕句云：『蕙帶圍寬訝沈郎，筆鋒銷盡業全荒。幾年不屬槐花管，一樹撑青著意黃。』蓋喬氏樂志堂前有老槐一樹，故及之。數年楮堂死，其子元溪居京師，門外有槐樹兩行，爲作『槐坡』。予中貽之以詩云：『門前小築號槐坡，扶杖經行感慨多。舊輩凋零都欲盡，三生還記一來過。』

李柟、繆司寇京师城南遊

京師城南風氏園旁數武，有武家窑，與黑龍潭相對。水木清華，渚溆環互，風日澄霽，宛似江南。康熙間，興化總憲李公柟嘗與泰州繆司寇沅往遊，將于此移築廣陵館，未果。後丙戌秋，司寇追憶舊事，作詩記哀。

程笏山詩吊汪蛟門

汪蛟門葬平山堂後，其甥程笏山文正登蜀岡見之，吊以詩云：『滿耳松風起，墻東土一抔。秋聲寒宿草，墓色澹荒丘。身後遺編在，尊前勝跡留。羊曇多少淚，况復過西州。』

李晴川《尋吴野人墓》

吴野人有『波光摇蕩屋如舟』之句。儀徵李晴川少白《尋吴野人墓》詩云：『坏土當年夢，如舟舊日家。』

申笏山《題明衢州瞿太守趙姬墓》詩

申笏山早歲久客浙江衢州西安縣，余讀其稿，有《題明衢州瞿太守趙姬墓》詩，因命人訪其地。在城西三里許鹿鳴山麓，破碑半蝕，尚有『廣陵趙氏』字。太守，蜀人；姬，廣陵人，妙解音律，尤精琵琶。隨守之任，見江水清見底，命侍兒浥于盤以自照，年十八而亡。守哀之，葬于此。國朝武林趙吉士天羽有詩吊其墓，趙之門人鹿祐于康熙庚午宰西安，和其詩，並刻石置山麓東嶽廟側屋壁間。繼而和其韵者十人，笏山其一也。笏山有『難留塞北花，易盡江南雪。我本廣陵人，飄零正愁絶』之句。

余于嘉慶二年閲武出衢州西門，曾過其山下，欲爲表之，徒以古人亡姬，非貞烈可比，恐士庶傳言未可爲法而止。然其事甚韵也，故記之。

李晴山《送別揚州遊擊白秋齋之松江、金山》詩

吾師李晴山先生，有《送別揚州遊擊白秋齋之松江、金山》詩云：『豫州白公忠孝人，事親事君秉一真。撲火滅賊餘事耳，真心付與揚州民。民曰自公之來瓮有粟，自公之來竈有薪。抱薪煮粟腹得飽，雨雪無愁將十春。揚州本是繁華路，到此人人失故步。先生愛節不愛錢，明月清風守其素。細柳營中柳萬株，桃花夾岸紅滿湖。新教軍場在平山堂之麓，公植桃柳甚盛。中有一泉清且潔亦公所浚，此泉清似公心乎？十年服官遷一次，獨以精誠感大吏。匹馬南行百姓扳，消受窮民萬行泪。吁嗟乎！公之不屈如游龍，公之不折如虬松。時時期與物有濟，處處難爲人所容。保身愛民即忠孝，立功豈望通侯封？我聞公行心冲冲，別無贈言言在公。公不云乎出言風輕雲淡，存心海闊天空二句即公贈聯。』按，公名雲上，河内武進士，在揚州有惠政，至今婦孺猶頌之。其子名守廉，癸丑文進士，居于揚州。蔣心餘太史亦有詩，言白公在揚州事云：『將軍大開揚州營，兩城安肅四野清。忠信感被萬室寧，百姓願作將軍兵。揚州旱，火四起；揚州潦，薪斷市。屋毁數家愁，薪斷萬家餒。將軍救火向火飛，騎屋似奪火馬馳。手挽天河水淋漓，火鴉火鴿絶翅奔。火神回避白將軍，將軍救餒如救焚。鞭撻瓜船

移積薪，薪船帶雨不敢停。銜尾紛紛來郡城，炊烟萬縷柴價平。添竈鼓腹民長生，婦孺愛説將軍名，文官無此得民情。』太史詩極能言白公善政，至于公之心事，則吾師之詩言之深也。

禹鴻臚繪《十三本梅花書屋圖》

王樓村修撰式丹夢至一處，梅花滿庭。一老人以杖數樹云：『此十三本以付汝。』覺而屬禹鴻臚尚基繪《十三本梅花書屋圖》，旋失去。修撰曾孫嵩高復購得，江秋史侍御德量依查初白韵題之。施小鐵太僕朝幹亦爲作《疏影詞》一闋。

馬開熊咏《古錢》成讖

馬開熊曰楚，秋玉兄也。與朋儕共咏古錢，得句云：『人生天壤間，誰得如汝壽？』咸訝其不祥。逾期果殁，人以爲詩讖云。

汪可舟《聽雨》詩句

汪可舟自稱『客吟先生』，詩筆清絶無知者。卒以饑驅，客死漢上。其《聽雨》句云：『但覺有聲皆劍戟，不知何物是笙歌。』其紆鬱可想。未十年，其子雪礓家業大饒，買馬氏玲瓏山館，造亭臺，招延名士，惜可舟不及見矣。

程元英題朱抱經書堂聯句

朱抱經重慶舊有酒坊在便益門河東岸，程元英題書堂聯，句云：『糟丘見清聖，馬磨有鴻儒。』

王晴江平山堂雅集

王晴江大令于平山堂雅集，孟亭太守云：『康熙乙未、丙申間，隨先大父僑居邗上，同人訂文會，如唐薪傳、殷彦來、郭于宫、唐序皇、程蒿亭、蕭冶堂、周漁璜、李眉山、顧俠君、家竹村、澹嵒諸君子，皆爲地下仙矣。』此二十年前事，不勝追憶。晴江死，舊時曾與平山宴集者，多釀金恤其子金杏；有未與會者，汪敬亭遇尤厚。

王孟亭感趙客言作詩

池州郎趙客遂生每云，友朋文字及趙客名者，我當于泉下肅拜。王孟亭感之作詩。

張山來名重一時

張山來潮文采風流，名重一時。所居自植垂柳一株，濯濯可愛。及山來歿，居遂他售，樹亦伐矣。許荔生作《楊柳嘆》。

吴梅查爲亡友作長歌

吴梅查均閏五月五日重過雙梧水榭看月，見壁間亡友沈江門去年題句，感而作長歌。有云：『月斜忽照軒中壁，壁上詩箋素友跡。伫月曾横膝上琴，經年已作泉臺客。』

王濯江《哭兄詩》一百韵

王賀堂世球、濯江世錦兄弟以文學知名，時稱『甘泉二王』。賀堂既歿，濯江哀不自勝，作《哭兄詩》一百韵，見者泣下。

趙秋墅《蘆中集》彙其哀痛

興化趙秋墅秉忠晚年二子俱喪，彙其哀痛之作，爲《蘆中集》。自叙云：『閨中泣恤緯之妻，膝下見蓬頭之女。寶遺孩于兩月，抵弃璧于千金。隴上草荒，既縈舊冢；堂中燈暗，復照新棺。』又云：『此傖作賦，或來士衡之譏；彼嫗知詩，敢比香山之集。』

戴梓譬詩哭沈西林

甘泉沈西林築茅屋于褚山，甚幽潔。著有《蕉雨集》，有『西風吹落紫薇花』之句。歿後，戴梓譬作詩哭之云：『昔年乘興訪山家，壁上新詩記未差。今日一棺東社裏，果然吹落紫薇花。』

周弟六《九日感友》詩叙

周弟六璽《九日感友》詩叙云：『張子伊蒿、鄭子開平，予齠年友也。五十餘年，風雨晦明，未嘗一日疏闊。忽于庚寅仲夏一月之間，兩人相繼而逝，能不悲哉？』其《憶伊蒿》詩云：『貪奇累積書連屋，愛僻常邀月到亭。』

張良御等詩會葬閔賓連

詩人閔賓連有《廬遊草》《悟雪草堂集》。其卒時，張良御太史、戴㬵來源、陳定先殿撰倓皆有詩會葬之，墓近平山。

潘問奇客死揚州

錢唐潘問奇，號雪帆，客死揚州之天寧寺，葬于平山堂下，與閔賓連墓相近，至今稱『兩詩人墓』。雪帆遺詩數卷，揚州刻之。泰州繆湘芷司空沅有《題雪帆詩集》二十首。

葛振《咏周二孃》

周二孃者，不知何時人。掘得碑，有潘丹填詞。江都葛振《咏周二孃》云：『安仁自昔推詩伯，今日猶存絶妙詞。筆陣模糊遺往蹟，吟壇風雅憶當時。一坏埋骨羈魂杳，片石標名過客悲。不是文章足千古，二孃湮没有誰知？』吴薗次集中亦有《尋梁溪周二孃墓》詩。梁溪即高郵之石梁溪也。魏篁中尋秋至平山堂，見有『梁溪周一孃墓碣』，稱『吴中善才，有歌名，後葬于蜀岡』，以詩吊之云：『調笑金樓子，春風及艷名。壁車如影待，墳草更秋生。漆炬新紗面，楸林舊曲聲。西陵吹雨夜，蘇小似微行。』然則二孃者，蓋梁溪人而葬于蜀岡者耶？而篁中又稱爲一孃，是『一』是『二』，存以俟考。

員周南八妹能詩工畫

員周南燉第八妹名琳，字道頤。能詩工畫，著有《奩餘集》《古渡詩評》。適岑山程存仁，甚窮乏。卒後，周南于書肆書角上見其二小印，作詩吊之。

魏篁中與弟蒼水極友愛

魏篁中嘉琬與弟蒼水嘉瑛互相師，極友愛。篁中病革，有詩十首，以氣息微，屬不能支，僅口授蒼水一首云：『鳥語花香也愛人，自憐多病苦相攖。寸絲是命難言繫，一髮爲魂去亦輕。永夜呻吟無轉息，他時遺累省經營。從來只説爲僧好，乞度微軀入化城。』二年前，篁中與蒼水同宿瓜州一寺中，篁中夢禮大士像，身披袈裟。既寤，撫蒼水足告以夢，云：『吾其止于此乎？』遂悠然有出世意，故詩結句云爾。

顧書宣長子不愧父風

顧書宣長子同根，字友于，詩心賦手，不愧父風。所刊有《半緣庵集》。以癖于酒，遂不壽。

周弟六挽劉淑秀詩

閨秀劉淑秀，工詩。周弟六璽挽其死云：『錦心愧煞鄰家婦，除却蓠鹽没半愁。』

余茁村歸卒揚州

張軼青世進與余茁村元甲爲詩友。茁村晚客漢陽，有句云：『不知可得揚州死，夜夜鄉心夢竹西。』後歸卒。軼青同人掃茁村墓，作詩以『零落歸山丘』爲韵。

冒巢民與陳定生世交最篤

水繪園主人冒巢民襄，與陽羨陳定生世交最篤。定生歿後，巢民每中元節爲盂蘭會，追薦先人于定惠寺，必附薦定生，率以爲常。己亥，定生子其年讀書園中，值薦期，其年賦詩云：『亦是中元節，躊躇泪萬行。海聲號殿角，夜色犯衣裳。悄悄憐遊子，凄凄問法王。今宵烟月底，人鬼總他鄉。海上清光落，人間客泪添。五更秋最盛，兩姓鬼無嫌。風木悲何極？關河氣正嚴。却看烏鵲影，毛羽故纖纖。』後其年官檢討，卒于京邸。壬戌中元日，巢民率兩子諸孫㦗祀其年于定惠寺，爲位哭之。並有和其年前詩，叠韵至二十餘首。凡與其年交者，皆有和詩。戴稼梅劉淙云：『蕭寺爲君位，茶瓜列兩行。法筵仍薦福，老泪各沾裳。生死關朋友，才名動帝王。魂兮倘來此，帶水即家鄉。』鄧孝威漢儀云：『懺度年年事，香燈特地添。故人情獨厚，新鬼意何嫌？那竟佳兒杳，從來大婦嚴。一棺猶未下，秋雨正廉纖。』

顧書宣詩祭汪蛟門

汪蛟門比部懋麟卒之年二月，會客有云『可憐鐙月是今年』，意頗悲凉。及病，絶筆詩云：『半生心事無多子，只在儒生法吏間。』顧書宣太史圖河感慟甚深，用張藉祭韓文公體作詩祭之。

高翔爲石濤掃墓

石濤和尚自畫墓門圖，並有句云：『誰將一石春前酒，漫灑孤山雪後墳。』詩人高西塘翔獨敦友誼，年年爲之掃墓、酹酒。閔廉風有《題石濤墓門圖》詩云：『可憐一石春前酒，剩有詩人過墓門。』

戚烈女投水遺詩

寶應戚烈女出嫁之夕，夫殞于水，女亦投水死。遺詩云：『從來未識兒夫面，空惹虚名到世間。』

程蒿亭秋泛紅橋詩

江都程蒿亭式莊同查查浦編修秋泛紅橋，時適雨潦水漲，蒿亭詩云：『十年誰卜滄桑定，慚愧坡頭射雁人。』又叠韵云：『徑欲五泉尋蘚碣，野棠吹雨正愁人。』時擬携酒陟五泉酹汪覺堂榿墓也。

張軼青《哭幼女》詩句

張軼青世進有《哭幼女》詩六首，如『常愁嫁日難爲别，豈料笄時早弃捐』；『閑中尚悔醫師誤，愁裹偏逢乳媪來。』皆言情哀婉，酷似香山。

吴藺次《悼友》詩小叙

吴藺次綺有《悼友》詩小叙云：『鄒蘇，字建之，邑諸生。能文善畫，死于兵。趙璘，字子璘，府諸生。家貧嗜學，性不諧俗，死于兵。高孝纘，字申伯，城破時，自經于文廟。』

丁有煜自叙亡友十三人

丁有煜，海門鄉人，自號个道人。晚年自叙悲其亡友十三人云：『邵作新，字允兼，年五十獲一衿，手執犁鋤，讀書弗輟。張繼仲，字陽和，弱冠補弟子員，工詩古文詞，年二十二卒。李進瑄，字西華，號他山，有文名，著《萬花翁詩文集》。李進瑋，字仁珂，號曹村，他山弟，與兄齊名；丁酉捷秋闈，未五十卒。夏忠，字進思，號補田，讀書質實，以明經終，有《蕉雨軒集》。保衡，字世臣，號文園，舌耕苦志，著《秋林雜咏》八卷，未梓。孫麗正，字又昭，號南村，性愛潔，種花、讀書，絶無忤人，壽七十，以諸生終。程世綸，字東來，原籍黄山，補真州弟子員，構北園自怡，年六十以明經卒。吴峻，字凌雲，號東田。臯邑明經，負志未售，抑鬱以老，未六十卒。曹禹亭，繁昌人，自侄曰瑛任歸里，值于中州道上，同寢食者兩旬，别後聞訃。石鍾瑞，字輯也，辛酉捷江南，篤友愛，未五十卒于兄任。章倬，字惕若，號讓庵，臯邑明經，遷居州治；善岐黄，好吟咏，年六十卒。孫鎧，字大聲，號自耕，以醫、畫得名，年七十考終。』

鄭板橋《懷人絶句》

鄭板橋大令燮有《懷人絶句》二十三首，同郡者四人：興化李復堂鱓、江都郭南江沅、甘泉董耻夫偉業、申筠山甫。其叙復堂云：『孝廉供奉内廷，後爲滕縣令，畫筆工絶。』詩云：『兩革科名一貶官，蕭蕭華髮鏡中寒。回頭痛哭仁皇帝，長把靈和柳色看。』《懷申筠山》云：『男兒須鬬百年期，眼底微名豈足奇。料得水枯青石爛，天涯滿誦筠山詩。』但筠山江都人，少寓浙之西安縣；板橋叙之以爲關中人，蓋誤以爲陝西之西安耳。

黄北垞《黄壚集》自叙及小序

黄北垞交遊極廣，每一友没，則録其詩句，爲《黄壚集》。自叙云：『故友云亡，新詩猶在。感生存之片語，剩白首之老人。若不急爲流傳，恐至遂成泯没。豐干饒舌，請易當年舊雨之名；自注云：原名《舊雨集》，聞野蠶上人言改之。中散有知，定增此日黄壚之慟。』所載揚州人凡八十七，今録其小序云：『張紹良，字又房，泰州人。張鈿，字環齋，儀徵人。蘇同許，字友燕，高郵人。吴志祖，字立先，一字愛廬，江都人，宿松訓導。袁爾職，字肩山，泰州人。陳時清，字老香，泰州人。施震鐸，字千里，泰州人。程文蔚，字豹南，一字朏村，江都人，康熙甲子副榜，修文縣令。汪惟豫，字次倫，一字琴嘯，江都人。陳于堂，字適仙，江都人，長洲訓導，著《款花齋集》。朱冕，字冠南，一字老匏。高玉桂，字燕山，一字秋軒，江都貢生。方肇夔，字引諧，一字錫鋤，江都人，著《晚鋤詩稿》。鄭暹，字曉村，江都人。樊瑩，字次白，儀徵人。吴賦書，字虞章，儀徵人。黄吉暹，字仲賓，一字平庵，江都人，建陽縣知縣。鄭昂，字千里，一字耕巖，江都人。張符驤，字良御，泰州人，康熙辛丑進士，庶吉士。劉師恕，字艾堂，寶應人，康熙庚辰進士，官至内閣學士兼禮部侍郎、福建觀風整俗使，以侍讀學士休致。方原博，字亮書，一字邴鶴，桐城籍，居東鄉仙女廟，泗州訓導。吴遵，字賓洛，江都人。吴鴻隽，字書永，一字甫田，江都人。汪艾，字爾耆，一字可齋，江都人。汪祚，字惇士，號菊田，江都副貢生，乾隆丙辰舉鴻博。陳撰，字楞山，號玉几山人，鄞縣籍，寓居儀徵。程夢星，字午橋，一字洴江，江都人，康熙壬辰進士，翰林院編修。王文奎，字蘧莊，江都人。王文充，字墨濤，江都人，雍正癸丑進士，翰林院編修，知浙江處州府。王履吉，字坦夫，一字蔗田，江都人。季載可，字吟四，泰州人。季堪倫，字小石，泰州人。嚴碩儀，字澹香，江都人。陳聞，字雪吼，泰州人。朱純，字東溪，儀徵人。古斌，原名典，字慎五，一字賸樓，江都人。汪世楙，原名世孟，字岱巖，一字巖夫，儀徵人。高詣，字次庸，一字坦園，泰州人。張璞，字中玉，一字琢堂，儀徵人。程崟，字夔州，一字南陂，歙縣籍，居儀徵，康熙癸巳進士，□□□[一]郎中。項炎，字鹿田，一字樹萱，江都人。朱夢濂，字飲江，江都人。田昌運，字書飲，泰州人。吴蕡，字芳洲，江都人，盛京刑部郎中，著《覆瓿集》。張銓，字木庵，泰州人。江旻，字扶五，一字凫塢，儀徵舉人。德源，字巨潭，泰州僧。馬曰琯，字秋玉，一字嶰谷，祁門籍，居江都。吴鴻紳，字笏安，一字秋厓，甘泉人。汪振松，字喬青，一字鶴巢，儀徵人。王嗣曾，字戒庸，一字西浦，儀徵人。郭長源，字時若，甘泉人，雍正壬子解元。蔣學傅，字築夫，儀徵人。田雲鶴，字回抱，一字輪長，泰州人。黄于咏，字茉青，一字檞莊，儀徵

[一] 底本爲墨丁。〔乾隆〕《歙縣志》卷十一《宦蹟》載「程崟……遷刑部福建司郎中」。

人。鄭燮，字克柔，一字板橋，興化人，乾隆丙辰進士，濰縣知縣。焦士緯，字石堂，江都人。劉正實，字充符，一字秋田，儀徵人。程文弨，字彤弓，江都人。方嶟，字謙山，一字可村，儀徵人。方士庶，字洵遠，一字環山，江都人。方士庲，字右將，一字西疇，江都人。李仙植，字餘中，儀徵人，雍正甲辰舉人。潘志恒，字無怠，泰州人。張楫，字晚亭，江都人。汪岱，字覲東，一字鋤月，泰州人。俞燾，字爲光，泰州人，著有《落落吟》。陸瀛，字魚山，江都人。吴文璧，字秀東，江都人。李仙榜，字皇士，一字東渚，儀徵貢生。洪振珂，字軾澄，一字曲溪，江都人。程元英，字惕思，一字薌溪，江都人。楊大任，字萸亭，儀徵人。吴文埅，字櫟厓，儀徵人。李禧，字吉士，一字東平，儀徵人。張秉彝，字仲倫，一字南垞，儀徵人。程兆熊，字孟飛，一字香南，儀徵人。鄭永和，字宮聲，江都人。閔鑑，字春橋，儀徵人。仇昌，字雲屏，又字瀑峰，泰州人。汪聖清，字問源，一字韞園，儀徵人。方馨，字鑑齋，儀徵人，著有《秋查集》。韓行吉，字遠村，江都人。余翼，字位南，儀徵人。程夢鈞，字聖陶，一字松喬，江都人。吴廷旝，字薌林，號嘉樹林邊吟客，儀徵人。程珧，字雲阡，儀徵人。』

阮文達《廣陵詩事》，嘉慶六年刊于浙江節署，重刊于光緒庚寅，版存宣南揚州會館，流傳不廣，時有向吾鄉人索者，苦無以應，爰集貲付印。與斯役者：周樹年、陳霞章、劉豫瑶、閔爾昌、郭廉、方爾謙、張鶴第、方爾咸、陳德芊、陳延韡、尹炎武。時庚申春三月也。鶴第附識。

人名索引

説明:

一、書中所涉人物衆多,本索引儘量收入。書中所録詩、詞、賦,其中有關人名,既複雜,又多不具考索之實際意義,故不録。

二、本索引以人物姓名爲檢索條目。於姓名後括注字、號、官稱、謚號、封贈號、簡稱等。

三、本索引以人名姓氏拼音排序,同姓者按其第二字、第三字拼音排序。

四、一人姓名字號等於同頁重複出現,只標一次頁碼。

五、人物字號、稱謂等暫未考知其姓名者,徑列條目;可考出者,括注其姓名,以小字標識,非檢索詞。

C

D

F

G

J

K

L

M

N

O

P

Q

R

S

T

W

Y

Z